チョン・セラン
斎藤真理子 訳

声をあげます

AKISHOBO

This book is published under the support of
Literature Translation Institute of Korea (LTI Korea).

装丁・装画　鈴木千佳子

声をあげます　目次

ミッシング・フィンガーとジャンピング・ガールの大冒険

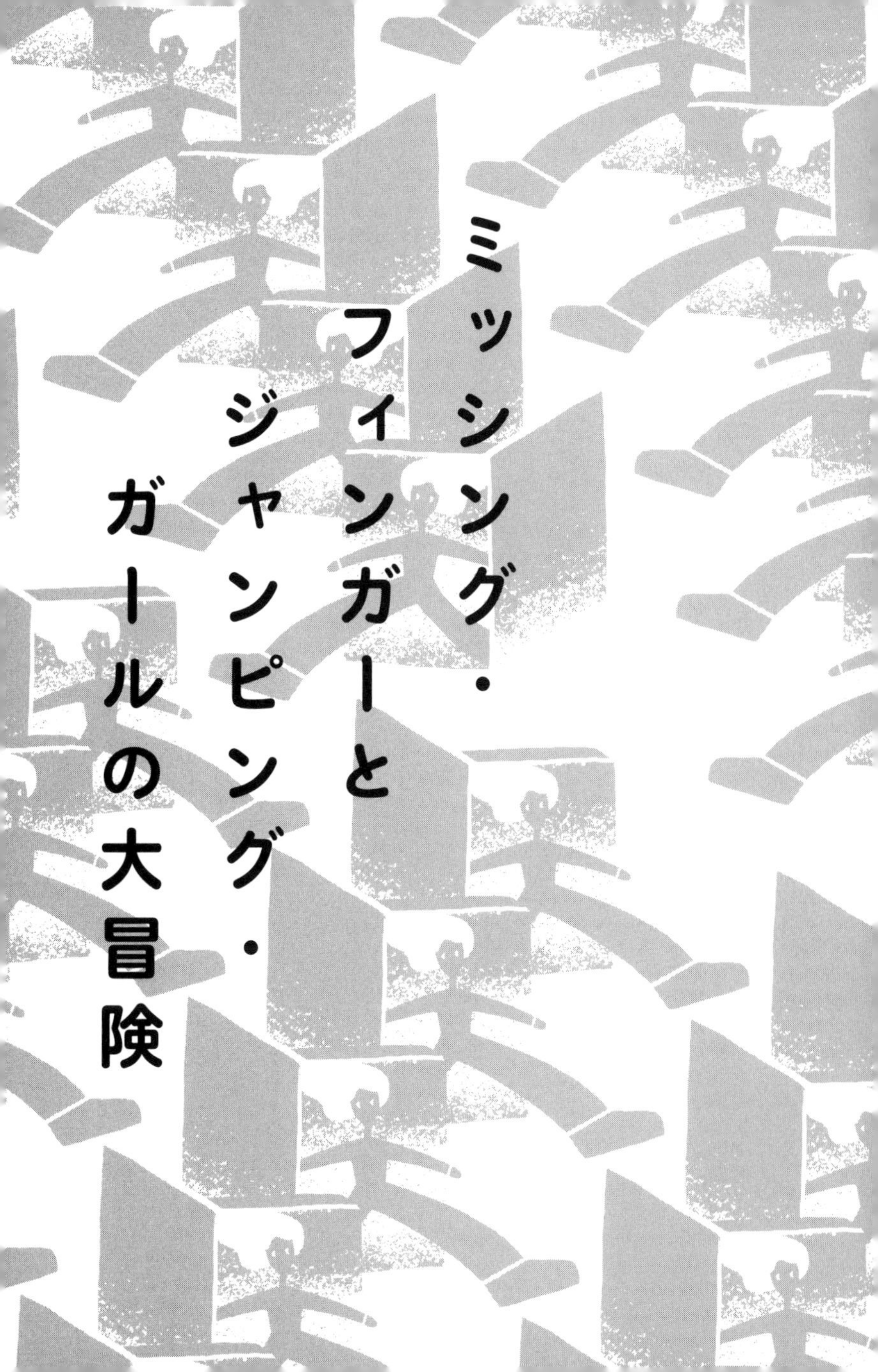

指が消えちゃう子を好きになったことある？

その子の消える指はよりによって、右手の人差し指だったの。右利きだったから、探しに行くしかなかったんだ。指はいつも、ちょっと困ったタイムラインに行っちゃうんだよね。たいていのタイムトラベルとは違って未来には行かず、過去へ、過去へと。

「感覚は残ってるの？」

「しびれだけ。しびれのせいで、寝てても目が覚めちゃう」

気になって聞いてみたら、何だか意気消沈した返事が返ってきた。ほんとは、そのとき意気消沈すべき人間は私の方だったのに。ちょうどメダルを剝奪された後だったからね。高跳びっていうとみんな棒高跳びだと思うけど、私はただの高跳びの選手だった。何の器具の力も借りずに二・二五メートルを跳んでたんだよ。これはほんとに好記録なの、もう取り消されてるけどね。試合のたびにストレスがひどくて、ストレスに効くっていうお茶を苦労して手に入れて飲んでたんだ。お湯を沸かしていれる時間がないから水出しで飲んでたの。水代わりに飲んでたそのお茶の成分に問題があって、ドーピングテストに引っかかっちゃった。何でかなあ、何で確認しなかったんだろ。確認しようと思えばできたのに。本当はもうやめたかったのかもしれないな。いちばん卑怯なやり方でやめることになってしまったけど。

「指を探しに行くとき連れてってくれない？　ついてってていい？」

「いいけど、予防注射しなきゃだめだよ」

「どんなの？」

「リストあげる」

今は弱毒化されているけど、昔ならものすごく危険だった病気の名前を暗記して病院に行ってきた。間隔を空けて接種しないといけないのもあるから、思ったより長く待たなきゃいけなかった。

「まだ私と一緒に行きたい？」

「うん」

「過去って、思ったよりつまんないよ。危険だし汚いし」

「それでもさ」

いつもぶすっとしてるミッシング・フィンガーが手を差し出した。私はその子の、指が一本ない手を握った。断面に触れないように気をつけながら。その断面が私たちを靴下みたいに引っくり返して入り口になったの。靴下みたいに裏返されたからちょっと吐いた。知らない空気、知らない土地に酔って。

いつも麻の服を着てた。どの時代のどんな地域でも、それがいちばん目につかない服だから。生成りの麻のトップス。それよりは濃いめの色のボトムス。底まで編んで作ったサンダル。それでも私たちは目立ってた。

指はいつも、いちばん回収しづらいところにあったよ。独裁者の愛用の帽子のベルトにはさんであったり、長い長い砂漠の道を行く商人の水筒の中に入ってたり、科学者のえんどう豆畑に埋まってたり、めったに会えない偉い人の何枚も重ねた下着の中に、尖塔の鐘の中に、瓦に生えた苔の中に、宝石商のフェルト貼りの引き出しに、塩漬けオリーブの倉庫に、湖の真ん中のあずまやの敷石に、蒸気でいっぱいの機関室のすみっこに、絹織物でぎっしりの棚の中に、砲丸の箱のわらのすきまに、レースやかつらの中に、羊皮紙の巻き紙に、原子炉に、簗(やな)の中に、ずっと使っていない鉄釜に、玉すだれの端っこに、宮殿の鳥かごに、博物館の大きなさざえの殻の中に、筆立てに、別荘地の山荘にある非常食のブリキ缶に、籐のかごの中に、楽屋の化粧パフに、城壁のゆるんだ石の裏に、滅菌された実験室に、蓄音機に、迷路の庭に、水槽に、テトラポッドの下に、はちみつの壺に、地雷原に、仮面についたひげの間に、時計のふりこの空洞の中に、錨の鎖に、フィルムケースに、リボンを巻く芯の中に、眼帯の内側に。

お金の代わりに穀物とか果物を持ってって現地のお金と交換してたんだけど、それじゃ足りないときはときどき背面跳びをやった。背面跳びが登場する前の時代の人たちが、不思議な技だと思って小銭を投げてくれたの。えりに鈴をつけて跳んだこともあるよ。最初の何回かは着いたところの木を切ってバーを作ってたけど、面倒くさくなって結局は竹模様のついたプラスチックのバーを持っていくようになった。背面跳びを盗み出したようなもんだから気がとがめはしたけど……。でも、私はどうせアスリートとしては不名誉のどん底だもんと思って、お先真っ暗な気分のときもとりあえずは跳んでた。市場で、甲板の上で、広場で、サロンで、私は跳んで跳んで跳びつづけた。

「ね、変なこと発見したよ」

ある日ミッシング・フィンガーが言った。

「何？」

「指が、他のところより早く老化してるんだ」

ほんとだった。手ってもともと早く老化する部分でしょ。しわがいっぱい寄るから。それを考えに入れても、頑張って探し出した指は微妙に、かなり老けてたの。なくならなかった指より五歳は老けて見えたっていうか。私たちが探しに来るのがいつも遅すぎるのかなと思った。その手にミッシング・フィンガーが顔を埋めた。

「つらいの？　くやしいの？」

私はよくよく考えながら、そう聞いてみた。気をつけなくちゃいけない相手を好きになったんだから。

「うんざり」

ほんとのところ、私は全然うんざりしてなかったんだけどね。うんざりっていうミッシング・フィンガーの言葉に、攻撃されたみたいな気持ちになった。

「二十一世紀がいいよ。二十二世紀ならもっといいんじゃないかなあ」

そう言いながら一本だけ指が老けた手で私の顔を撫でてくれたから、ちょっとほっとした。

すぐに消えちゃう指を元々の位置に縛りつけておくために私たちが訪ねて歩いた医師たち、呪術師たち、裁縫師たち……。だけど解決策はいつだって未来にある。ある日お薬が発明された。軟膏っていうより、容器も塗り方も透明マニキュアに似てたけど。体の中のすぐになくなるところにコーティングするみたいに塗ると、その異常な失踪現象は止まった。全世界の非自発的タイムトラベラーがついに定着して生きていけるようになったの。もう指が消えなくなったミッシング・フィンガー。ずっと好きだよ。

だけどときどきお薬をマニキュアにすり替えることがある。そんなにしょっちゅうじゃないけどね。ずるいけど、ここからどこかへ行きたくなったときにはね。

十二分の一

ヘジョンさん、プラネタリウムは今日も涼しいですか？　出発してからプラネタリウムのことをしょっちゅう考えました。初めて科学館に行ったとき、面接まで時間があったのでチケットを買ったんですよね。でも、見学希望者が十人に満たなかったから上映中止になっちゃって。こんなにすてきな空間ですてきな上映をやってくれてるのに、どうしてみんな見に来ないんだろう？　私は思わずふくれっ面になってたんだと思います。ヘジョンさんが、払い戻しをすませたらいちばん短いのをこっそり見せてあげると言ってくれて、どんなにありがたかったか。あの美しいドームの下で、最後列に一人で座って宇宙旅行をしたんですよね。十分あまりの時間だったけど、ヘジョンさんの親切さは大昔からの宇宙の優しさに似ている気がして、科学館で働けたらなあって思ったんです。

上映が終わるとヘジョンさんが目で笑いながらこう尋ねたことを思い出します。「大学生ですか?」私の面接コーデがそんなに不釣り合いだったのか、またはヘジョンさんが人の年齢を見積もるのが下手すぎたのかはわかりません。適当に学生のふりをすることもできたけど、嘘をつきたくなかったから、「あ、今日は学芸員の面接で……」と口ごもりながら答えると、ヘジョンさんも私もちょっと固まってしまいましたね。薄い夏のシャツと茶色のコットンのスカートで行ったんだけど、幸い就職が決まって、私たちは一緒にお昼を食べる友達になれました。親切なヘジョンさんと食べるお昼はいつも楽しかったって、どうしても伝えたかったんです。

今でもヘジョンさんには嘘をつきたくないんです。私が科学館に出した病気理由の辞表は嘘なのよ。だから心配しないでくださいね。

*

最後の休暇をとった後どうしていきなり辞めたのか、ちゃんと説明するには大学のときのサークルの話からしないとだめみたい。私が入っていたサークルは「ネクスト・ホット・シング」(Next Hot Thing)という理工系専攻の学生が集まるサークル連合でした。このサークル名、すごく恥ずかしいです。こんな名前をつけた先輩たちはいったい何考えてたんでしょうね。九〇年代末にコケたアイドルグループの名前みたいだけど、いろんな専攻の学生たちが集まって未来志向的な研究や発明をするサークルだったんです。

その実態は、もっとまじめなサークルから脱落したり、最初からどこにも入れなかった変わり者の集まりでした。ペット用ハエの展示会を開催したりとか（誰もそんなペット飼いたくはないですよね）、自動で髪を洗える機械を作るとか（何でいまだに登場しないのかわからない発明品ですけど、私は実験に協力して髪の毛が全部抜けそうになりました）、松葉の汁で走る自動車の試運転とか（一メートルもまともに走れませんでしたよ）、『履修届作成のためのハッキング』という小冊子を印刷するとか（廃部の危機に瀕しました）……そんな活動をしてました。「ネクスト・ユースレス・シング」（Next Useless Thing）とか「ネクスト・ストゥーピッド・シング」（Next Stupid Thing）に名前を変えるべきだったかもしれません。恥ずかしいから、ここからはNHTと呼びますね。

NHTに入る前はずっと運動部だったんです。ボート部にもいたし、水上スポーツ部にもいたし、剣道もやってました。スポーツも好きだし、好みのタイプはいつも首と肩のしっかりした男の子だったしね。背は高くなくてもがっちりした感じのする、そういうタイプですよ。でも、男らしすぎる男の子たちとの恋愛はいつも、終わり方がよくなかったんです。よくわかりませんけど、過度の男性ホルモンは恋愛の成功を妨げるみたいですね。

ちょっと疲れてたときに学園祭で、あのサークルの人たちがＮＨＴのテントの下でケーキを食べながらボードゲームをしてるのを見たんです。さいころを振りながら、かわうそみたいな声を上げてたのよね。性別に関係なく、ただもう、いい生きものたちって感じでした。私にはああいう集団が必要だと思った、っていったらいいかな？　予感だか確信だか、そんなのがあふれてきて入部しました。自分の運は自分で作り出すというわけですね。

初めのうちは女子学生もいないわけじゃなかったんですが、一学期でみんな脱走しちゃって、十一人の男の先輩と私だけがぽつんと残っちゃうとはね……。あ、これって、あれだ、間違いない、「白鳥の王子」だ！　って気づいたときはもう手遅れだったんですよ。まさか、この十一人のお兄さん全員の呪いを解いてあげなくちゃいけないの？　先輩たちを横目に不満だらけの大学生活でした。そのころのアルバムときたら、安食堂のふにゃふにゃの揚げ物を並べて阿呆づらして喜んでる先輩たちの写真でいっぱいです。

だけど十一人もいると、一人ぐらい気に入る人がいたりするもんじゃないですか。先輩11がそうでした。何で11かっていうと、いちばん静かだったから。いつも十一番めに発言する人だったから。先輩11の名前はオ・ギジュン。ギジュンさんです。地質学科の人で、古生物学者になるのが夢だと言って土日も長期休みもずっとフィールドワークに行ってました。背は高いけどものすごくやせていて、体重は私と同じくらいだったかもしれません。

顔は角張ったところのない楕円形だったけど、体は線しか引けない子供が描いたみたいで、全身まるごと直線でした。その直線が好きだったんです。いつもポケットがいっぱいついたズボンをはいて、傾いて立っていたのを思い出します。はっきり好きになったのがいつだったのかもわかりません。もしかしたら化石のせいだったのかな？

ギジュンさんはフィールドワークから帰ってくるたび、小さい化石を一個ずつ私にくれました。ただ、ふっと「ユギョン、これいる？」ってさりげなくね。よく見ないと化石とはわからない石でした。自然史博物館なんかに行くとミュージアムショップで売ってるような、二万ウォンもあれば買える、よくある化石ですよ。シダの葉っぱがうっすら見えるか見えないか程度の、そういうのへジョンさんも見たことあるでしょ？　私はチョコレートの空き箱にその化石を集めておきました。箱がいっぱいになる前にギジュンさんを好きになったことだけは確かです。

違うな、やっぱり化石のせいではないみたい。あれは私たち二人の気持ちのいい儀式みたいなものではあったけど。誰ともめったに言い争いしない人だから好きになったんです。ジョークであっても卑劣なことは一言も言わない人だから好きだったんです。目立たないやり方で配慮してくれて、気を遣ってくれる人だから好きだったんです。ギジュンさんはよく病気をしていたんですが、そのせいか、私がちょっとでも体調が悪い日には、人間業と思えないほど目ざとくそれに気づいたりするんでした。

ギジュンさんがどんなに重い病気か知っていたら、もっと早く好きだと言ったでしょうに。

大学院に入ったばかりのころでした。ギジュンさんが、子供のころに患っていたがんが再発して学校をやめたのは。私たち全員と連絡を絶って消えてしまったのは。

そしてサークルは分解しました。あの無口な人が、私たちをつなぐ接着剤だったんです。

*

きゃーきゃーぴーぴーやかましかった先輩たちは、社会に出てしっかりと地位を築いていきました。半分ぐらいは学界に、半分ぐらいは企業に入って、一人で起業した人もいます。それからぼちぼち結婚もしていったけど、見てる側としては変な気分でした。あのー、こんにちは、あんな人拾っちゃだめですよーって匿名で投書でもしようかと思ったぐらいですもん。しませんでしたけどね。未熟だったころのことを思うと信じられないけど、あの人たちももう立派な社会の一員ですもんね。変人たちが急にまともになったというわけ。

先輩の結婚式があるたびに、二週間前から準備を始めました。むくみが出ないものだけ食べて、吹き出ものが出ないかひやひやして、やたらと服買って、美容院で髪をやってもらって。

もしかしたらギジュンさんが来るかもしれないから。

でも、来ませんでした。四回ぐらいそれをやってみて、あの人は来ないんだってことが受け入れられるようになりました。他の人たちをつかまえてギジュンさんの近況を聞きたかったけど、聞きませんでした。何となくプライドが傷ついたんですよね。私だけがこんなに一方的に切実にギジュンさんを心配しているってばれるのが嫌で。ただ、元気でいますようにと祈りました。

私が国内で就職できず、オーストラリアの海洋生物学研究所で働き、プロジェクトのために船に乗ったりしてから帰国して科学館に来たことは、ヘジョンさんもよく知っているでしょ。ええ、その間じゅう私はギジュンさんに会ったこともなく、様子を聞いたこともありませんでした。でも、いつも思ってました。「ギジュンさん」が「私のギジュン」になってしまったんです。誰とつきあってもあの、ギジュンさんが私の手に小さな石ころを置いてくれたときのような親しみや満ち足りた気持ちを感じることはできませんでした。ペンギンの雄みたいに石をプレゼントしてくれた人のせいで、私の他の恋は全部おじゃんになりました。

そろそろ、もう一人の先輩の名前も言わなきゃいけませんね。私にとっては先輩5またはにすぎなかったけど、サークルの人たちの中ではいちばん成功したと評されてる人物です。韓国のイーロン・マスク、リチャード・ブランソン……。はい、そうです、あのキム・ナムソンです。まあ、みんな成功を認めてはいるけど、ナムソン先輩が創業資金を軍需産業界で稼いだことは公然の秘密ですよね。その後の業績は実際、奇行っていった方がいいようなものでした。最初から、いつもそういう人でした。奇行に奇行を重ねるタイプの人ですよ。十一人のうちでいちばん好きになれない人でした。そんなナムソン先輩からEメールで自宅に招待されたとき、最初は応じるつもりじゃなかったんです。家は南アフリカ共和国にあるっていうんですよ。子供たちの語学研修を兼ねて何年か滞在してるっていうんですけど、そんな遠くまで何で私が行かなきゃいけないの？　って。

季節が変わるたびに必ず、また招待状が来ました。飛行機のファーストクラスを取ってあげるし、他の先輩たちもみんな来てるっていうんです。

みんな？

全員？

それはギジュンさんも来ているってこと？　それでやっと乗り気になったんです。私には理解できない理由と方法で、ギジュンさんとナムソン先輩は無二の親友でしたから。

それで最初の休暇を取ることになったんです。

*

武装した警護員が空港まで迎えに来てたので若干緊張しましたが、ナムソン先輩の家は安全な場所でした。あれを家と呼ぶべきかどうかはわかりませんけどね。公園を含めた広い広い敷地がまるごと、あの人のものだっていうんですから。

「他はともかく、池のまわりにいるカバには気をつけて。あいつ、すごく性格悪いから」

ちょっとないような指示でした。でも、池を大きく回ってメインの庭園に着くとすぐ、他の先輩たちがみんな来ているのが見えました。家族も一緒にね。大人たちはピクニックテーブルについていて、子供たちは広大な庭を疲れも知らず駆け回っていましたよ。私は目でギジュンさんを探しましたが、いませんでした。

「ギジュンにはもうちょっとしたら会わせてあげる」

ナムソン先輩がそう耳打ちしたときの私の気持ちを、どう説明したらいいでしょう?私は気乗りのしない近況報告や会話に耐えて、その「もうちょっと」を待ちました。

日が暮れはじめたとき、ミニ汽車がやってきました。遊園地で走ってるカラフルな、ああいう汽車ですよ。ワインを何杯か引っかけた先輩たちと私は、そのミニ汽車に乗って家から遠ざかっていきました。

「どこ行くんですか?」

私は尋ねました。庭に置いてきたトランクが気になったんです。

「僕らが何やってるのか、見学させてあげる」

到着したのは鉱山の入り口でした。

「廃鉱を捨て値で買ったんだ。マンガンの鉱山だよ」

「何で廃鉱を?」

「あー、ここはね、人力じゃ採掘できなくなって廃鉱になったんだ。うちの会社の技術なら年に十五トン採掘できるからさ」

そして、そこにはコントロールルームがありました。宇宙基地みたいな白い移動式の建物でしたが、規模がちょっとしたものなんです。他の先輩たちはもう来たことがあるみたいで、そこへ自然に入っていきました。職員たちとあいさつもしてました。

「この人たちがコントロールしてるんだ」

「何をですか?」

ナムソン先輩が作業台の隅を指差しました。金属製の何かがゆっくりと動いていました。

私は近寄って、それをのぞき込みました。

「オパビニア？」（カンブリア紀の海に棲息した動物）

「デザインだけね。人が入れないところまで行って、効率的に採掘するんだ」

「何でまたオパビニアなんですか？」

そう聞いてから私は、答えは必要ないことに気づきました。ギジュンさんがいちばん好きな化石でしたから。

「僕らがここで表向きやってる事業はマンガンの採掘なんだけど……エレベーターに乗るよ」

十一人が全部乗れるぐらい大きなエレベーターでした。そして、深い深いところまで降りていったんです。うわー、何をどれくらい掘ったんだろ。私はそのときもまだ何も考えていませんでした。先輩たちが何だかもじもじしているのにも気づきませんでした。基本的にみんな、すぐもじもじする人たちなので。

エレベーターから降りて、いくつもの部屋を通り過ぎました。金属製のドアもあったし、ガラスのドアもありましたね。忙しく働いている人たちを見ながら、どうしてここに会社を持ってきたんだろうって、何となく気になってました。他の先輩たちが何歩か後ろの方へ行ってしまってることにも気づかなくて。私はナムソン先輩と一緒に、廊下のいちばん奥に向かっていきました。

「僕らがほんとにやってることはね、」

そう言いながらナムソン先輩がその窓のないドアを開けたとき、私は敷居をまたぐなり、座り込んでしまいました。

そこにはギジュンさんがいたんです。私の恋人が。私の凍った恋人が。

*

私は膝をついて立ち上がり、歩き方を忘れちゃったような体を引きずって、タンク形の生命維持装置の方へ近寄りました。顔だけが見えました。めがねをかけていない真っ青な顔、眠っている顔です。

「ギジュンを助けるためなんだよ、ここでよみがえらせるんだ。状態がすごく悪化する直前にここに連れてきた」

「それはいつ?」

舌も話し方を忘れちゃったのか、丁寧語が出てきません。

「四年ぐらいになるかな?」

「何で黙ってた？」

「助かる可能性が上がったら言おうと思ってた」

「上がった？」

「うん。代案はいろいろ用意してある。それで、そこから一つ選ぶことをギジュンが君に委任したんだ」

「何だって？」

ナムソン先輩は棚へすたすた歩いていって、書類の入った封筒を一つ取り出しました。ざっと読んでみると、一種の契約書でした。すごく厚い契約書。本当に、最終決定が私に委任されていました。全ページの端が折ってあり、その裏面と最後の一枚にボールペンでサインが入っていました。これがギジュンさんのサインなの？　落書きと変わらないようなものでした。単に、すーっと引いた線でしたから。

「僕たち、四チームに分かれて、どうやったらギジュンを助けられるか研究してたんだ。それぞれの方向性が見えてきたから、君が決めてほしい」

ナムソン先輩が得意そうに言いました。

「あんたら」

私は思わず口を開きました。

「え？　あんたら？」

「あんたら、ここでこんなことしてたの？　ギジュンさんを使って、プロジェクトごっこ？」

入り口に立っていた他の先輩たちがすーっと後ずさりして、廊下に出ていきました。

「ギジュンが同意したんだよ」

「そんなはずない。こんなのサインじゃないよ。適当に引いた線じゃん。どんだけ病気の重いときに聞いたの？　弁護士はいたの？」

「いたよ」

「あんたの会社のじゃなくて、ギジュンさんの弁護士は？」

「あ、そっちはいなかった」

ナムソン先輩がちょっと呼吸を整えました。

「だけど、僕が直接聞いたんだよ。もう一度君に会いたくないかって。そしたらギジュンが、会いたいってはっきり言ったんだ。その後でサインしたんだからさ」

「出てけ」

私は、まるで自分がこの部屋の持ち主であるみたいにそう言いました。どういう権限が私に委任されているのかも知らなかったけれど。

「ちょっと」

出ていくナムソン先輩を私は呼び止めました。

「椅子」

すぐに長椅子と毛布がその部屋に運び込まれました。その、長さは十分だけど寝づらい椅子に寝て、ギジュンさんを、あの人が入ったタンクを見ているうちに私は眠ってしまいました。

＊

「そろそろプレゼン聞く？」

翌朝、ナムソン先輩がやってきて尋ねました。

「文書で」

何年もこれらのすべてを隠してきたことへの不信から、私はプレゼンではなく、要約もしてない、一つも抜けのない書類を見たいと希望しました。一ページも飛ばさず全部をね。そして一週間ずっと読みつづけたのですが、それでも二十分の一も読めませんでした。復帰の日に戻れなくなって、休暇延長申請を出したのはそのためだったんです。

自分たちが何様だと思って、他人の生命でこんなことをやってるんでしょう？　南アフリカ共和国の鉱山の地下で、ですよ。私の知っているギジュンさんがこんなことに同意したわけはないってずっと疑っていたけど、だからといってギジュンさんを目覚めさせてもう一度死なせるなんて、できませんでした。

その間も非公式のプレゼンが続きました。合計四チームが別々に会いに来て、それまで自分たちがやってきたことをべらべら説明していくんですよ。ナムソン先輩を入れずに二人のチームが三つ、三人のチームが一つでした。

最初のチームはアメリカの技術者たちと一緒に、機械の義手、義足と人工皮膚を開発していると言ってました。筋電信号で動く手足は期待以上に精巧でした。私はギジュンさんの骨肉腫がどこに広がっているか確認して考え込んでしまいました。腿の真ん中から切断しないといけなかったんです。肋骨も取り出さなきゃいけないし。いつだったか、一緒に谷川の水に足首までつけていたときのことを考えていると、足が冷たくなってきました。

「性能がいいことはわかった。でも、がんがまた再発したら？　そういうこともあるじゃん。一回はもう再発してるんだし」

「うん、それはありうる」

先輩1の目が動揺しました。

「脊椎とか、他の部位に転移したら？　臓器はどうすんの？　現状で、肺や肝臓はもうほとんどだめになってるのに……」

「だから、君がうちのチームに決めてくれたら、人工臓器も開発するよ」

先輩2が、信用ならない顔で言いました。私は目で合図をして二人を追い返しました。

先輩3、4、5がドイツの医師団とともに研究していたのは、遺伝子治療の分野でした。自分の専門とは違う分野だったので、私からは質問がいっぱいありました。

「ベクターには何を使うの？」

「アデノウイルスだけど……でも君、何でそんな急にタメ口きくの？」

先輩5が居心地悪そうに言いました。まあそうでしょうとも。

「目的は何？　どの遺伝子を変えるの？」

「がんの遺伝子の非活性化を狙ってるんだ」

「この治療を受けた人、何人いる？　逆に白血病とか他の腫瘍が発生することもあるじゃん？」

「九〇年代以降で二千人ぐらい、六十パーセントが悪性腫瘍の患者だった。副作用がないことは請け合うよ」

「何で？」

「臨床試験やったから」

　そのとき私は、先輩たちがなぜここにいるのか悟りました。食品医薬安全局とかFDAとかEGEとか、その他の多くの機関をかわすために……そして倫理をかわすために。もう質問する気になれませんでした。

「うちのチームはナノエンジンを開発したんだ」

　先輩6、7が、日本の科学者たちと開発したナノエンジンの優秀な点をくどくど説明しました。世界最高水準のナノエンジンだというんです。

「で？」

「骨は、骨より優秀なポリマーで代替するんだ。その箇所だけ精巧にね」

「臓器は？」

「ごく局所的に抗がん剤治療をやる」

「でも、これはエンジンであってロボットじゃないでしょうが」

「だから、僕らのプロジェクトを選んでくれたら、もっと研究して……」

　これから何年かかることやら。そして何年かかるのが正常なんでしょう。でも私が直面していたのは、正常とはほど遠いものでした。私はひそかに首を振ってしまいました。

　先輩8、9は前の三チームより極端な解決策を提示しました。中国のチームが、平然とした顔で一緒にプレゼンをやりました。

「脳の構造と電気信号を複製するんだ」

「じゃあ、体は？」

「何で体が要るの？　こんなことしてるのも全部、人類がこの厄介な、がんとかできちゃう肉体から自由になるためじゃないか？」

「とにかく、説明してみて」

「冷凍が重要なんだ。血液をはじめ、水分を一滴も残さずに脳を冷凍処理してから……」

「もういい。後は自分で読むから」

「君が愛してるのはギジュンの体か？　精神じゃないのか？」

その言葉はそれほど間違いじゃなかったんです。あの、カクカクした弱々しい体を私は愛してはいたけど、ギジュンさんと会話することさえできるなら、体はあきらめることができそうでした。

「でも私は先輩たちを信じてない。その技術、まともにやろうとしたら少なくとも三十年はかかると思う。私の目をちゃんと見て言いな。もう完璧に準備は整ってるって」

先輩8は無理に目を見開いていたけど、9は目をそらしました。プレゼンを全部聞き終わってみると、なぜナムソン先輩が私をここに引っ張ってきたかもはっきりしました。ナムソン先輩は、先輩たちに対する私の不信感を信じたんでしょうね。言葉にしてみると本当に変な話です。

私はさらに三週間よく考えました。ほんとにほんとに悩んだんです。庭のカバを見ながらね。近づきはしませんでした。私は目でカバを追い、カバも常に私を意識してましたよ。表情が読み取れないカバの顔をまじまじと見て、カバを理解したらこの問題もわかるみたいに考え込んでました。

「決まった？」

ナムソン先輩が後ろから近づいてきて聞きました。野暮な、カバも気絶しそうなほど大きくて厚ぼったいマグカップを持ってね。私はそれを受け取りました。飲んだことのないハーブティーでした。

「チーム1に腿を任せる。あの足はどうやっても助けられそうにないから。チーム2、3を合体させて方向性を再設定して。私が欲しいのは、次世代の〈遺伝子のハサミ〉（DNAを切断することのできるたんぱく質）だよ」

「チーム4は？」

「待機させて、ギジュンさんが手術台の上で死にそうになったらすぐに着手しろって言っといて」

「お疲れ」

＊

それ以後、休暇のたびに南アに行って進行状況をチェックしてたんです。結論からお話ししますと、次世代の遺伝子のハサミを作り出すことはできませんでした。だけど、クリスパー・キャス9（DNAの二重らせんを切断してゲノム配列の任意の場所を改変することを可能にする新しい遺伝子）を一部変性、改良した遺伝子のハサミでも十分でした。ギジュンさんの骨肉腫と、そこから転移したがん細胞に合わせた免疫細胞を作り、免疫細胞の活動を阻害するたんぱく質の問題も解決しました。片足は、ワンランクアップグレードした機械の義足で代替しました。それらのすべてがギジュンさんの意識のない状態で進行しました。感じなくていい苦痛は感じないようにね。

ついにギジュンさんの意識が戻ったとき、私はその場から逃げ出したいと思いました。あの人のまぶたが動くのを見ながら感じた感情は、恐怖に近かったんです。ギジュンさんが目を開けて、こんなの全部いかれた大間違いだと言ったら、こんなこと望んでなかったと言ったら……。私は後ずさりし、ナムソン先輩がそんな私のひじをぎゅっとつかみました。これ以上逃げられないように。

ギジュンさんが目を開けました。

医療チームの一人が目薬を差してあげました。それでもしばらく合わなかったその目の焦点がとうとう合いました。

いぶかしさ。

いぶかしさ以外の表情はなく、部屋にいる人をじっと見回していた目が、ついに私を見つけて止まりました。先輩たちが私の背中を押しました。何て無神経な人間たち。

私は近づいて、ギジュンさんの隣に座りました。あの人が話そうとしたけれど、声が出ませんでした。

「声はちょっと時間がかかります。ずっと出していなかったから」

誰かが教えてくれました。

「何ですって?」

あわてて、ちょっと怒ったみたいに言ってしまったけれど、その瞬間ギジュンさんがかすかに笑いました。それだけでも十分でした。

*

「僕が何にサインしたって？」

「そんなことだろうと思ってたんだよこのクソ野郎、覚えてないって言ってんじゃん！」

ギジュンさんは契約書にサインしたことを全く思い出せず、私はナムソン先輩の胸ぐらをつかんだ結果、空港へ私を連れてきた警護員たちにすぐに制圧されました。ギジュンさんは、うーん、会わないうちにユギョンは怒りっぽくなったんだね、と虚脱したように笑いました。自分のことなのに腹も立たないのか、頼りなく笑ってるのが憎らしかったけど……それくらい攻撃性のない人だから好きだったんだな、と改めて気づきました。

「まあ、僕が思い出せないだけかもしれないからね」

ナムソン先輩はまた国際的な専門家たちを呼び集めて、ギジュンさんの長い長いリハビリを支援してくれました。腹は立ってたけど、ありがたいことはありがたいからぐっとがまんしていたんです。そのおかげで、しばらくは平和が続きましたよ。

つまり、特約について聞くまではね。

「特約？　何の特約？」

私がそう聞くと、ナムソン先輩が逆に驚いた表情をしたんですからたまりません。

「君、契約書全部読んだだろ。見なかった？」

私たち三人は、そのへんの本二冊分はゆうに超える契約書をまた一緒によくよく調べてみました。四十六ページに、ごく小さな注釈として「別添文書を確認せよ」とありました。

「別添文書って?」

「同じフォルダに入ってたはずだけどなあ」

封筒の中からしわくちゃの紙を一枚見つけたんですが、それはギジュンさんの治療にかかった費用を一部なりとも精算する方法に関するものでした。ナムソン先輩が希望する場所で一定期間派遣勤務するという内容でした。

「それで、僕はどこに行って働くの?」

ギジュンさんが冷静に尋ねました。私には、そこがどこだろうとついていって、一緒に借りを返す準備ができていました。

「エウロパ」

ナムソン先輩が答えたとき、すごく悪い発音で「ヨーロッパ」って言ってるんでありますようにと、どんなに願ったことでしょう。

「ヨーロッパのどこ?」

「えっ、聞こえただろ。エウロパ」

はい、あのエウロパでした。ヘジョンさんもよく知ってるエウロパ。木星の衛星ですよね。氷におおわれてるんですよね。氷の下には海がある、あそこです。

「いつまでもここで生きられるわけでもないだろ。地球はおしまいだからね。先に行っててよ、すぐ追いかけていくから」

「何だってえ？　私たちにそんなところで死ねっての？　百年は早いだろ！」

「いや、僕がしっかり手を打っといたから。説明を全部聞いたら腹なんか立たないよ。君たちは乗りさえすればいいんだ……」

興奮してナムソン先輩を蹴ろうとしてまた二人の警護員に取り押さえられ、二人の間に吊り下げられて足をばたばたさせてしまったけど、その方が正常な反応なんじゃありませんか？　ナムソン先輩はすぐに私を避けて逃げ出しました。

その日、ギジュンさんは私を軽くハグして、乱れた髪の毛を耳の後ろにかけてくれて、こう言いました。

「君は来なくていいんだよ。君にもう一度会えただけで、僕はその寒いところへ行って死んでもいいんだから」

私はギジュンさんの、機械に置き換えられてない方の腿の横に座っていました。その状態であの人の首に頭をもたせかけて、もう一日だってこの関係をあきらめるわけにはいかないって思ったんです。遠い、寒い世界に私たち二人で……。地質学者と海洋生物学者二人で……。ナムソン先輩が殺したいほど憎かったけど、同時に、完璧な計画だということも認めてあげないわけにいきませんでした。わかってたんですよね。私がギジュンさんと一緒にそこに行くだろうってことを。

ＥＭドライブで動く宇宙船も、そこに行って設置するバイオスフィア５も自動だから、私たちには長期の訓練は必要ありませんでした。そのときになって私はやっと、ギジュンさんの足の部品が重力の変化に左右されないことと、奇妙なくらい広範囲の温度に適応可能であることが企画書に書かれていたわけを理解しました。奥歯をぐっと噛みしめました。

宇宙船のドアが閉まるとき、私はナムソン先輩に向かってわめきちらしました。

「あんた、そんなことやってると本当に滅びるよ！　原則も倫理もなしで行き当たりばったりに生きてって、滅びるんだよ！　あんたみたいな奴らのせいで地球がだめになったんだよ！」

最後までにこにこ笑ってましたね。むかつく。私は大声で叫びながらちょっと泣きました。ギジュンさんが手袋をはめた手を伸ばして、私の手を握ってくれました。

激烈だった揺れももうすっかり収まりました。後は船内で四年間ぷかぷか浮かんでいるだけ。それでも何年か前までは八年から十年かかったはずだから、短縮されてはいるんですね。泣くのをやめてこのメールを書いています。ヘジョンさん、会いたくなると思います。私はもともと人間が好きじゃなくて、十一人中の一人ぐらいしか好きにならないんだけど、ヘジョンさんはその一人の側なのね。ヘジョンさんが好きです。好きだったです。

一緒にお昼を食べるのが、一日の中でいちばんいい時間でした。

だから、言ってくれてかまいません。プラネタリウムで太陽系のパートをやるとき、木星と、木星の衛星について説明するとき、言ってください。あそこに友達がいるって。ガリレオ衛星の一つに友達が住んでいるって。

私たちがまた会って、お昼を食べることができたなら嬉しいです。

リセット

リセット元年、
私は南へ歩くことにした

四月九日

焚き火の近くにはあんまり行かない。人が信じられない。男も、女も、誰であっても。老人たちと子供たちが集まっている焚き火もあったけどやめておいた。すごく絶望している人たちのそばにだけときどき行ってみた。体を起こす意欲も残ってなくて、略奪もレイプもできそうにない何人かのそばにだけ。その人たちが私に聞いた。あの日何をしていたかって。巨大ミミズが降臨した日に。

最初は地震だと思った。慶州(キョンジュ)だったからなおのこと。あらかじめ準備しておいた非常持ち出し袋を持って空き地に行き、暗闇の中で、揺れが続くのに怯えていた。今となっては、外界からやってきた巨大ミミズたちが地面に到達するところを見られなかったのが残念だ。夜が明けて、都心を掘り返しているミミズたちを見た。長さは七十五メートルから二百メートルの間、直径は八メートルから二十メートルの間ぐらいに見えた。赤い背中と、それより若干色の薄い腹。体をおおった粘液は、水に浮かんだ油みたいにいろんな色を含んで光っていた。何でまたわざわざ慶州に？　と思ったことを思い出す。

言うまでもないことだけど、ミミズたちが特に慶州を狙ったわけじゃない。ミミズたちは地球に存在するすべての都市を、人類の文明を滅ぼすために降りてきたのだから。

四月十一日

考えてみれば、ミミズ降臨より前に終わりが来なかったのが不思議だ。私たちはこの惑星の資源のすべてを枯渇させ、無責任なゴミばかりを絶え間なく作っていた。百億に近い人口が過剰生産と過剰消費に身を委ねていたのだから、どっちにしろ滅亡は遠くなかったのだ。あらゆる決定を漫然と巨大資本に任せたきりで、一年に一度スマートフォンを替え、十五分の食事をするために四百年経っても腐らないプラスチックの容器を何個も使い、毎年五千頭のオランウータンを殺しながら、パーム油でチョコレートもどきやラーメンを作っていた。リサイクルは自己欺瞞だった。ゴミを分別して積み上げただけのことで、実際のリサイクル率はお話にならなかった。そんな文明に未来があったとしたら、その方がおかしいだろう。

何より、ぞっとするほど種の絶滅があった。絶滅に次ぐ絶滅、そのまた次の絶滅。人間の目から見てかわいい種が完全に消えると「あーあ」とため息をついた後でシールや何かを作ったりしたけど、人間の目から見て不細工だったり、人間の目に見えない種が死ぬことには毛ほどの関心も持っていなかった。道を誤っていた。誤っているというその感じは常に、かすかな吐き気として存在していた。自分で自分の種に吐き気を感じはしても、とうとう軌道修正はできなかった。

焚き火のそばの人たちが聞いたら私を殺そうとするかもしれないが、ミミズはいいときに来た。私たちが他のすべての種に許してもらえないようなことをやらかす前に来てくれて、ありがたいほどだ。軌道はやっとのことで修正された。私は非常用リュックに入っていたシルバーマットをかけて眠り、ときどき笑う。私が死に、他のすべてがよみがえるという喜びで。妙な種類の畏敬の念で。

四月十二日

人々が死んだ。ミミズは人間に狙いを定めて攻撃したわけではないけど、ビルを飲み込むのと同時に一緒に飲み込んでしまった。でも、あまりに大勢の人がいっぺんに死んだので、そしてその死はおおむねすぐに確認できないものだったので、感情は執行猶予されている。第一次世界大戦や第二次世界大戦当時の人々がどうやって正気を保っていたのか、わかる気がする。

四月十四日

北へ行くべきだったのかもしれない。ソウルへ。ソウルでは違う状況が広がっているのかもしれない。いつだってそうなんだから。でも、行きたくなかった。三十四年の人生の半分ぐらいをソウルで過ごしたが、その期間は適応不全とあきらめに要約できる。どの集団にもなじめず、幸い、いつが引き際か見抜くことだけは超能力並みだった。慶州に来たのは、古墳の前の小さいベンチで麦わら帽子をかぶって本を読むためだった。休暇で来たとき、そんなふうに本を読んでいる女性を遠くから見て、私もそんなふうに暮らしたかったのだ。真似してみたかった。ソウルで最後の給料を着服されたのが決定的なきっかけでもあった。

いい麦わら帽子が見つからず、かぶってみたのは全部めちゃくちゃ似合わなかったので、計画は実行に移せなかった。まあ、麦わら帽子なら何でもいいか……。どっちにせよ、月給を着服したあいつも多分死んだだろう。遅々として進まない訴訟ももう何の役にも立たない。あいつは死んだだろうなと思って、私は毛布をかけて笑う。こんなシルバーマットを毛布と呼べるだろうか。でも体温は守ってくれる。

慶州の古墳の間から、指のようにミミズが飛び出したのかもしれないし、ミミズは古墳なんかに関心はなかったかもしれない。

四月十五日

最後にインターネットで読んだものは、ミミズは揮発性の有機化合物を追跡しているのだろうという内容だったが、その中でもどういうものか絞り込む前にネットがダウンした。つながっているという感じが懐かしくなることがあるが、インターネットにはほぼ連日、身の毛もよだつような思いをさせられた。だんだんそうなっていったのだ。

四月二十七日

蔚山(ウルサン)との境界を越えるとき、ミミズたちを見た。ミミズたちに一種の受信機が装着されているのを見たという人がいる。遠距離からではわからなかった。都市が軟らかく濡れた黒土で埋まりつつあった。まるで地盤ごと沈んでいくように見えた。ミミズの体腔で液体が動く音をいつか聞いてみたい。近くまで行けたなら。

土を踏むと、膝まで埋まった。引っ張り上げた足首は特に痛みを感じなかった。濡れた土から百合の匂いがした。

リセット元年、
私は北へ歩くことにした

五月二日

六個の鍵のうち一個が私のところにある。私は北に行かなくてはならない。どうやったらスピッツベルゲン島まで行けるのかはまだわからない。それを思うと、自分のビジネスカジュアルジャケットと五センチヒールのパンプスを見ながら泣きたくなる。誰かヒステリックに笑ってるなと思ったらそれが自分の笑い声だったとき、なおさら怖くなった。

ミミズたちが降りてきたときは会議の真っ最中だった。ジュネーブで開かれていた世界作物多様性財団の定期会議で、宿にはもう戻れなかったので、この呪われたパンプスのままだ。実用主義者なのでラテックスの靴底がついたパンプスなのがまだしも慰めだけど、北に行くなら服も靴も買わなくちゃ。

五月六日

配偶者と電話で話したとき、配偶者はちゃんと避難していた。都市のはずれの農場にいると言っていた。農場主が喜んで避難所を提供してくれたというので、最後の瞬間に発揮される人間の利他感情について考える。何だかウッドストックみたいだ、と配偶者がふざけて言った。ミミズが化学肥料に反応するかもしれないよと警告しようかと思ったが、言葉を飲み込んだ。あの巨大な怪物が近づいてきたら、誰にでもわかることだ。

「子供たちのこと何か知ってる?」

私が聞いた。聞かずにいられなかった。聞くまいと思っていたのだけど。配偶者と私はしばらく、一緒に泣いた。二十五歳と二十二歳。私が通過してきた年齢を子供たちは通過できないなんて、まさか思わなかった。

「じゃあ、こっち来る?」

配偶者が聞いた。それだって聞くべきことじゃないよね。私たちの結婚は、嘘の濃度が低いために長続きしたケースだ。今になって変えたくはない。

「絶対そこに行かなきゃならないの?」

また聞かれた。私が鍵を持ってるから私が行かなきゃいけないんだと答える。私の仕事だからと。

「あなたの耳の匂いがかぎたい。もう一回だけ」

「なに気持ち悪いこと言ってんの? 普通に、抱きしめたいって言いなよ」

「でも、あなたは、体臭がいいんだよ」

私たちはまたしばらく一緒に泣いた。どんなに運回りがよくたって、ジュネーブからスヴァールバル諸島を経てクイーンズタウン郊外の農場までは行けそうにない。また電話で話せる機会がありそうにもない。

五月八日

残りの五個の鍵が来ないこともありうる。種子貯蔵庫自体が破壊されている可能性もある。本当はその可能性の方が高い。でも、ビジネスカジュアルを着て雪道で凍え死に、白髪の骸骨になるとしても、私は行かなくてはならない。

五月九日

急に気になってきた。ミミズのあの糞便土にまた種をまいたらどうなるか？　まるで塔みたいにそびえ立ってる糞便土もある。

五月二十日

ベルギー国境で友達に会った。若いときイランで一緒に働いたことのある友達だ。私たちは泣きながら抱き合った。

「難民キャンプをそっくり森の中に移したよ」

難民を受け入れた経験がヨーロッパをかろうじて救ったと友達は言う。ミミズは森に関心がないし、ぎっしり稠密(ちゅうみつ)なことで定評のあるヨーロッパの森にも、ところどころに空き地は隠れていたのだと。

私は泣きながら友達に言った。世界はおしまいだと。赤ん坊たちは予防注射を受けられないだろうし、大人たちは四十歳になる前にみんな死んじゃうだろうし、美術館も博物館もみんな破壊されたし、私たちが考えた対策は何の役にも立たないだろうと……。

「とりあえずその靴、脱ぎな」

いつも絶望の中で働いてきた友達が言った。

五月二十四日

友達が服と靴を調達してくれた。フリースとダウンコート、私の足よりちょっと小さい登山靴だった。

「石油系繊維だから、ミミズがあなたを飲み込んだとしても処置なしなんだけどさ」

その上、うまいこと帆船も手に入れてくれた。

「あいつら、海や砂漠にもいるんだって」

「それじゃミミズじゃないじゃない、反則だよ」

「そもそもミミズじゃないんだよ」

私は不満だったけど、友達はそうではない。

五月二十五日

海上の試錐（地質調査などのため土中深く掘削すること）基地を食べるというミミズを避け、観光客用無動力船の、いつ油を塗ったのかわからない帆を張って、北海を航海した。

こんなことになる前にも船乗りさんでしたかと、船長に聞いてみた。

「いやあ、保険会社勤務ですよ」

彼も私も笑ってしまった。

五月三十一日

入り口のドアは私の鍵だけでも開けられた。五百四十万種の種子を保護しているあのドアは、あと五個の鍵がなければ開かない。戦争と開発、台風と火山の噴火を生き延びた種たちと一緒に、五人を待つ。缶詰を食べ、お茶を飲みながら。

「誰かが介入したんだ」

一人言が漏れてきた。それは悟りに近かった。国際機関よりも大きな単位の存在が地球に介入すると決めたのだ。私は泣きながら笑った。

A.R.二年、私は東に歩くことにした

六月二日

「十代の女の子を専門家として連れてきただって？　十代の女の子を？　いくら専門家がみんな死んじゃったからって……」

局長だという人が、信じられないという様子で「十代の女の子」と二回言ったので、私はしかめっ面をしないように努力しないといけなかった。何もかもが崩壊した時代に、局長という肩書きにまだ大きな意味があるのか、私の方でも皮肉を言いたかったけどがまんした。頑張って耐えるのはとても学者的な態度かもしれないな、と思いながら。

「我々の選択肢の中ではアンがいちばんなんですよ。私が保証しますから」

そう言ったのは王子だ。ああ、王子様……。ママたちはいつも感嘆のため息とともにビン・バラス・アル＝サーニー王子の名前を口にしていたものだ。王子はミミズ研究の最大

の後援者だった。もっと正直にいえばほぼ唯一の後援者だった。巨大な宇宙ミミズが降臨して人類の文明を破壊するまでは、釣りのえさぐらいに思っているだけで、誰もミミズに関心がなかったのだ。なぜかミミズが大好きで、オイルマネーを惜しみなく注ぎ込んできた変わり者の王子と、一握りの貧毛綱学者を除いては。

「私だっていつまで生きていられるかわからないのに、こんなこと別にやりたくないんですよ。私よりましな代案が見つかるまで、いてみます」

「こんなこと？　こんなことぉおお？　人類の未来を設計するのが〈こんなこと〉なのか？　最近の若い子には」

ダブルデイ局長は、気に入らないことは何でも二回ずつ言う習慣があるようだった。

六月四日

テントを割り当ててくれた後、みんな私のことを忘れてるみたいだ。私にやらせる仕事がまだ見つからないのかもしれない。だから私はあんまり楽ではない簡易ベッドに横になって、ママたちのことを考えた。

ミミズが好きな人に悪人はいないというのがママたちの持論だった。学会で出会ったママたちは、同性結婚が法制化されるとすぐに結婚した。その結婚式には学界の全員が参加したといっても過言ではなく、私が見た写真の中の研究者たちはシャンパンのせいでミミズより顔が赤かった。シャンパン、好きだったな。ママたちはたまに、背の高い軽いグラスに一インチぐらい注いでくれた。

「泡の立つお酒は要注意だよ。急に酔っ払うからね」

そう忠告してくれたのはどっちのママだったか、すぐにこんがらがっちゃう。タンゴが上手なナバロだったっけ、パズルが得意なシャイアンだったっけ。アメリカ先住民と移住民との複雑で豊かな結びつきの最先端に、ママたちは立っていた。

ママたちが私を養子にもらったのは、六年ほど新婚生活を楽しんだ後だった。環形動物（Annelid）の前半分をとって私の名前にしたと言っていた。男の子だったら貧毛綱（Oligochaeta）から取って「オーリー」と呼んだだろうというのはちょっと疑わしいけど。疑わしいのはそれとして、ミミズへの愛は、遺伝子を経由しなくても私にそのまま乗り移った。覚えていないけど、私は歩き出すより前から小さなシャベルを用心深く使って、ミミズを傷つけずに土を掘る方法を身につけたという。小さいころ、ずーっと、そーっと土をかき集めていると、ママたちは盛んに私をほめた。

「あの子は私たちよりすごいよ。私たちは三十過ぎてからミミズのかっこよさを知ったじゃない。あの子は二歳から知ってるんだから、スタートが違うよ」

最初はただほめられたくてママたちの後にくっついて歩き、ミミズの箱の上に濡れた新聞紙をかぶせ、バナナやその他の果物の皮を入れてやり、他の虫の卵をそっと取り除いたりしていたけど、私もすぐに本気でミミズの魅力に取り憑かれてしまった。果物の皮が、黒に近いくらい色の濃い、やわらかくて湿った肥料になるのを見守り、箱から箱へとミミズを移し、うちのお庭が他のどの家より豊かであることを確認すると誇りが生まれた。ママたちは私に、オレゴンに生息するという巨大ミミズ、ドリロレイラス・メイセルフレッシ（*Driloleirus macelfreshi*）を見せたがった。

「私、たった一回だけ見たことがあるんだけどね。三フィートは十分にあるんだから。かっこいいんだよ。どういうわけだか百合の香りがする体腔液を持ってるの。ほんとに百合の香りとおんなじなんだよ。最近はまるで見つからないよね。寿命は数十年っていうけど、どこかで元気で生きてるかなあ？」

「オーストラリアのメガスコリデス・オーストラリス（*Megascolides australis*）は絶滅したんじゃなかったっけ？　ドリロレイラスよりは小さいけど、かっこいいのは同じだよ。皮膚が弱いのが問題だけどね。ちょっと強く押すと破けちゃうんだって」

「ほんとにかわいそう。人間たちが殺したんだよ。私たちの文明がすてきなミミズたちを全部殺しちゃったんだ」

「ミミズだけだと思う？　昆虫学者も鳥類学者もみんな泣いてるよ。個体数が半分以下に減ったらしい」

滅亡が、絶滅が、終末が近づいていることがわかっていたようでもあるけど、ママたちと私の生活は不思議に平和だった。二人の学者は教授にはなれなかったので、経済的にすごく豊かだったことは一度もなかったが、何かが足りないと感じたこともなかった。学校の友達が私を、レズビアンに育てられたこじきの子とからかっても、それほど悔しくなかった。ママたちが新しい服を買ってくれてもすぐに膝が土だらけになったが、それは庭師の宿命というだけのこと。私たちは庭で育てたものを食べ、古いものを修理して使った。ママたちは私の部屋の壁いっぱいにミミズをかわいく、しかし正確に描いてくれて、きちんときちんと学名も書いてくれた。九歳になる前に学名を全部言えるようになった。

「シマミミズが好き、ドバミミズが好き、クロイロツリミミズが好き？」

「シマミミズ」

私の選択はいつもシマミミズだった。そして、シマミミズに似た巨大ミミズが地球にやってきて、むごたらしいニュースが連日報道され、それさえもストップしたとき、ママたちは気づいた。

「誰かが私たちを呼びに来るだろうね」

「そしたら、行かなきゃいけないよね」

二人は悲しみ、しかし微妙な興奮を隠せない様子で私に理解を求めた。

「私も行く。どうせ死ぬんだったらついていく」

「だめ。あんたは私たちの知ってることを全部知ってる。全部とまではいえなくても、ほとんど知ってるでしょ。私たちが失敗したら、次はあんたがいなくちゃいけないの」

「私はスペアなの？　そうなの？」

あのときは、ママたちは私を守ろうとしてそんなことを言うんだと思ってたけど、今考えてみると、ほんとにスペアとして残された可能性もある。過保護な養育者ではなかったから。ママたちを迎えに来たジープは一台だったけど、途中で別々の車に乗り換えて、それぞれの道を行くことになった。二人がそれぞれに巨大ミミズを追跡して残していった文書記録と映像記録は、現在、人類の最重要資料となっている。

六月五日

ママたちが確認した情報を見直している。手書きのメモなどは一つも残っておらず、他の人たちに電送したものだけが残されて簡単なリストにまとめられている。

◆ミミズたちは一回用の宇宙船で降りてきた。
◆一回用の宇宙船の痕跡を何か所かで見つけたが、ケイ素、炭素、タングステンなどとともに今まで見たことのない種類のペプチドが残っていた。
◆宇宙船の外膜の中にペプチドでできた衝撃吸収構造体があったものと、関連分野の専門家が推測している。
◆体長は短い個体で七十五メートル、長い個体で二百メートルに達する。
◆ストレスを受けると粘液を分泌する。
◆各個体は十キロメートルから二十キロメートル程度の間隔を空けて活動する。
◆都市を構成するほぼすべての構成物を消化して糞便土にする。
◆揮発性の有機化合物に敏感に反応する。
◆頭の方を砲撃すれば殺すことができる。
◆尻尾の方を傷つけても、その部分はまた生成する。
◆死んだ巨大ミミズは七十二時間以内に分解される。
◆線虫を体の内外に引き連れて歩く。線虫の種類はまだすべて確認されていない。

六月六日

「私たちが知りたいのは、いったい誰がミミズを送り込んだのかってことだよ」

ダブルデイ局長が、正体不明の敵への敵意をこめて「誰が」を強く発音しながら言った。

ゲティスバーグの戦いに参加したエボニー・ダブルデイの子孫なのかな？　軍人の家系なのかもしれない。

「あのミミズどもには手がないんだから、誰かが宇宙船を作ったってことじゃないか？

ミミズは操られただけだろ」

「操られたっていう証拠はないじゃないですか？　証言はいろいろありましたけど、今まで一度だって、どのミミズからも通信装置は見つかっていませんよ」

めがねをかけたアジア系の女性が言った。あの人は誰だろ？　レーダーに片腕をかけてるところから見て、関連の専門家らしい。私は首を伸ばして名札を確認した。ライラ・ライ。人がぎっしりのテントで女性は私とライラ・ライと、黙々と会議録を作成している書記のマディガンさんまで入れて三人だけだ。人類は、女性人材をまともに活用できなかったために滅びたんじゃないかと疑ってしまうほどだった。私はライラ・ライに親しみを覚え、心の中でエルエルというニックネームを贈った。

「体の中にあるんだろ！　腹の中だかケツの穴の中だかに隠して持ってるんだろうさ！」

ダブルデイ局長はエルエルの合理的な質問に癇癪を起こした。

「確認する方法がありますよ」

私はエルエルの味方をしつつ自分の価値を証明しようと決心した。

「どうやって？」

「ダーウィンの実験を少し大規模に再現すれば、ミミズの知能も予想がつきますよ。操られていたのかそうでないかも、です」

「ダーウィン？」

「チャールズ・ダーウィンはミミズ愛好家だったんですよ」

「あのダーウィンが？」

私たちはダーウィンを愛してて、ダーウィンはミミズを愛してた。ダーウィンの最後の著作はミミズに関するもので、かなりポピュラーな人気を集めた本だ。この本のおかげで、ダーウィンがミミズの知能をテストするために行った、何百回にもわたって紙を切り抜いてはミミズが作ったトンネルをふさぐという実験内容が世に知られることとなり、私もそれをはっきり覚えていた。ダーウィンは持ち前の几帳面さでその結果を記録に残し、ミミズの問題解決能力が予想を上回ることを証明した。ダーウィンほどの余裕はないけど、その延長線上にある実験をするために私たちが作る障害物は、紙切れよりはるかに大きいものでなくてはならない。それを作る仕事はエルエルのチームに任された。私とビン・バラス・アル＝サーニー王子はエルエルのチームに参加したのだ。

六月十日

「今の私は貧乏なんだよ」

王子は蒸し暑いテントの外で風に当たってから、ものすごい秘密を打ち明けるように私にささやいた。三十八歳だというから私の二倍以上生きておいて、ちょっと幼稚な感傷なんじゃないかと思う。

「ヘリコプター何台かを別にすれば、私にはもうほとんど何も残ってない。貧乏だよー、清貧なんだ」

「うーん……それでもけっこうなお金持ちとはいえるんじゃないですか？　こんな時代にはなおさら」

「いや、そうじゃないんだ。会社の持ち株もなくしちゃったし、銀行に入れてあった金も不動産も、もう何の役にも立たないだろ。実際、そういうものも全部、自分で管理してなかったから取り返すこともできないし、ほんとにまるで意味なくなった」

「何でそんなにすっきりしてるんですか?」

「私にはできなかったけど、誰かが止めなくちゃいけなかったんだよ。化石燃料産業を、そこから派生した他の巨大企業を。あっちこっちに寄付したり後援したりいろいろやってても、毎晩死にたくなるくらいだった……君のママたちがいなかったら本当に死んじゃってたかもしれない。でも今はものすごくぐっすり眠れる。私の一族の罪が洗い流されたみたいで」

「私だからいいけど、他の人にそんなこと言ったらダブルデイ局長に胸ぐらつかまれますよ。ミミズが降りてきて喜んでるみたいに聞こえるじゃないですか」

「案外そうなのかもな……いや違う、違うよ。君がママたちをなくしたのに、そんなこと言ったらいけないよね」

王子は、特有のわし鼻をしかめてみせた。

「いいえ。ママたちもずっと心配してたんです。世の中は泥沼に向かっているって。ママたちが生き残れなかったのは悲しいけど、ミミズがわざと殺したわけじゃないと思ってます。近寄りすぎたのはママたちの方だったってこと、わかってます」

「私は君のママたちが本当に好きだった。すばらしい人たちだったよ」

「それも知ってます」

不思議と慰められる会話だったから、ここに書き残しておく。

六月二十一日

私がエルエルをエルエルと呼ぶようになってから、他の人たちもそのニックネームをそのまま受け入れて、エルエルはエルエルになった。本人も嫌がっていなかった。世界がすっかりだめになっても、私たちは親密さを大事にする。

エルエルが、カリフォルニアのデス・バレーを旅行中で難を免れた大学院生たちを救助してきたので、人手が足りるようになった。その人たちはあまりにやせていて、生きていることにびっくりするくらいだった。ミミズたちが偶然に見逃していったドライブインで耐え抜いたんだそうだ。ガソリンスタンドが閉鎖されて長年経った小さい建物だったので、破壊されなかったらしい。巨大ミミズは砂でも氷でもおかまいなしだったのだから、本当にラッキーな事例だった。

「こんなの専門外なんだけどなあ」

みんな一日じゅうぶつぶつ言っていたけど、どうにか動けるチームができあがった。一日五食食べて頑張ってようやく、巨大な、サボテンの繊維でできた傘の形のふたを作り上げた。手作業も同然の工程で仕上げたふたは、わざと節を作ってあるため、どこを持つかによって広がり方が変わる。巨大ミミズは一週間おきにトンネルを掘り、そこに入って休息を取る。そのとき周辺の自然物を引っ張ってきてトンネルの入り口をふさぐのだが、私たちが作ったふたをどう活用するかを見てミミズの知能を調べるのが目的だった。

「東部に向かっている八十メートル級のミミズがいる。もうすぐ休息を取るはず」

エルエルが苦心して目標に目星をつけた。

「アンには、残ってて言いたいんだけど……」

申し訳なさそうに言うエルエルに、私は首を振ってみせた。

「家を出てくるとき、脚のむくみを取るストッキングを荷物に入れてほんとによかったですよ。もう生産されないでしょうから……。いくらでも歩けますから、心配しないでください」

そのストッキング以外にも、絶対持っていきたいものを選ぶのに二時間ぐらいかかった。マディガンさんが出発の直前にやってきて、チョコチップクッキー一箱を差し出した。無口な人だったけど、ありがたくてふだんよりちょっと長いハグをした。

六月二十五日

私たちはついに目標のミミズに追いついた。トラックは四日間、トンネルのふたや各種の機材、資材を載せてゆっくり走り、軍で使っていた移動式実験室がのろのろと後を追い、トラックや実験車両を運転しない人たちはミミズの攻撃に備えて電気充電式バイクで別に移動するという方法だった。東へ、東へ……。ずっと中西部で暮らしてきた私は、西部に移住した昔の人たちと反対方向へ向かっているのが面白いと思った。幌馬車と馬と歩く人を想像しながら、あたりの風景を観賞した。バイクを充電できないときは引いて歩かなくてはならなかったから、それとほぼ似たようなレトロ風の雰囲気だった。

「あそこだ」

ビン・バラス・アル＝サーニー王子が金でできた望遠鏡を調節しながら言った。どう見てもやっぱりお金持ちっぽいけど、からかっちゃいけないんだと思う。ミミズを見るとママたちと同じように興奮したが、私の興奮は誤解される可能性があるので、わざと呼吸を整えた。この世を滅ぼした存在を愛好するのは不適切なことだから。

夕方になって気温が落ちると、エルエルの予想通りミミズはトンネルを掘りはじめた。深い深いトンネルを掘ろうとしてミミズが頭を土中に突っ込んでいるとき、私たちは繊維製のふたをトンネルの入り口に持っていき、退却した。命がけの実験だ。

「食べちゃったらどうしましょう?」

「そんなはずない。ミミズたちは今までも植物性のものはいっぱい見過ごしてきたんだから。あのふたは百パーセント植物性よ」

ミミズが満足できるトンネルを掘るには、さらに何時間かかかった。明け方になってやっとまた地上に上がってきてふたを発見し、引きずっていくのを赤外線望遠鏡で観察することができた。ミミズはふたを一度でパンと広げ、トンネルを完璧にふさいだ。

「早いじゃん?」

みんな感心した。

「じゃ、そろそろ引っ張って」

エルエルの号令で大学院生たちが、あらかじめふたと連結しておいた滑車を頑張って回すと、ふたがすーっとはずれてトンネルの入り口が現れた。するとミミズが若干イラッとしたように、またさっきと同じところをくわえてふたを広げ、引っ張った。

「正確におんなじ場所だなあ」

さらに五回やってみてエルエルはようやく、ミミズが図形を理解するということを受け入れたが、とうとう最後にロープを噛み切るのを見てからはさらに深刻な顔になった。

「反応速度も速そうだし、電波が探知されないところから見て、直接判断を下してるみたい。私たちが知らない方法で意思疎通してることもありうるけど」

エルエルが、満天の星を見上げながら結論を下した。

六月二十七日

私たちはミミズが見捨てていったトンネルを探査することにした。

「前にも探査したことがあるけど、そのときはちゃんとした道具もなかったし、人手も足りなくてね」

エルエルが、照明のついたヘルメットをかぶり、ロープなどを輪っかに結びながら言った。

「でもー、これ私の専門じゃないですよー」

「高所恐怖症なんですけど……」

「重症？　ジェットコースター乗れない？」

「そこまでじゃないです」

「大丈夫、ジェットコースターに乗れるんならこれもできるよ」

みんなぶつぶつ言いながらも、ちゃんとエルエルの指示に従った。

「私も降りてっちゃいけませんか？」

成人するまで一、二年あるからって、子供扱いされるのは嫌だった。

「二回めか三回めにね。約束する」

エルエルが信頼できる顔で言ったので、私は了解した。

「私たち、何を中心にチェックしたらいいのかな？」

「卵、バクテリア、線虫について調べます。粘液のサンプルを採取して、卵や線虫が残ってないかよく見てください」

「卵？」

先発隊の中の一人がすっかり固まってしまった。

「シマミミズの場合、一年に十個から数百個までの卵を産み、全部孵化するわけじゃないけど、条件がよければ一つの卵から何匹も生まれます。他の種では一匹ずつ生まれるのが普通なんですけどね。えさと環境によって卵の数も孵化率も変わることがわかっています。オオアカミミズは寿命が長いせいか、繁殖は比較的ゆっくりですね。卵が見つかったら、巨大ミミズの寿命を調べる上で役立つでしょう。えさに満足しているかどうかかもね」

「私たちの文明が十分においしかったかどうかって？　ざけんじゃないよ……。その卵って、どんな形なの？」

「普通はレモン形に近くて、色は濃い黄色から茶色です」

「わかった」

エルエルが降下していくのに続いて先発チームが、斜めの、底が見えないトンネルへ降りていった。上に残っているのは気のもめることだった。

六月二十九日

サンプルは毎日採取された。ミミズが掘ったトンネルの内壁のねばねばする液が移動式実験室でせっせと検査され、誰かが悲鳴を上げたらそれは、そこで線虫が発見されたという意味だった。ミミズが大きいからミミズの線虫も大きい。みんなが捕獲してカゴに集めておいた線虫は、蛇に近かった。トンネルに降りていった人たちはものすごくシャワーを浴びたがっていたが、簡易シャワー室の水圧は弱く、水もいつも足りなくて、欲求不満のままでがまんしなくてはならなかった。

「こいつら、プラスチック食べてるんだ……」

エルエルが呆然とした顔で言った。

「どういうことですか?」

「四種類の線虫が四種類のプラスチックを食べてるの。しかも、いちばんよく使われる四種類を」

「偶然にしては……」

「偶然なわけないよね。それが私たち人類にとって必要なことだったんだから。誰かが設計したんだよ。すごい嫌な感じ」

私はエルエルほど嫌ではなかった。ママたちが私をゼロ・ウェイストで暮らせるようにしたのは、どんどん深刻化するゴミ問題のためだったから。

エルエルは約束通り、私もトンネルに降りられるようにしてくれて、私はトンネルが九十度ではなく斜めに降りるように作られていることが印象深かった。オオアカミミズのトンネルみたいなもんだろうと思っていたが、違っていたのだ。トンネルは崩れる心配なく頑丈で、何となくこぢんまりして居心地がいい気さえした。卵はなかった。ミミズたちの生殖の場面が目撃されたこともまだない。人類のことを思えばほっとする話で、個人的には何となく残念だった。

七月五日

二番め、三番めのミミズに同じ実験をし、チームを分けてトンネルの探査も進行している。私たちはだんだん東部に近づいていく。

「ニューヨークも見られるかもしれないですね。ずっと行きたかったんだけど」

「ニューヨークが残ってればの話だけどね」

ビン・バラス・アル＝サーニー王子は若いころにニューヨークで見たもの、会った人たち、やっていた仕事について楽しそうに話してくれた。王子はヘリコプター一機を失って沈んでいるところだった。墜落したのではなく、部品がないため整備できずに野原の真ん中に置いてこなくてはならなかったのだ。そのうちに通りかかったミミズが食べちゃうかもしれない。

「次のミミズの位置がわかりましたよ。本当に大きいらしい」

「まだ面白いのかい、ミミズが？　飽きない？」

「だって、ストーンヘンジを地中に沈めちゃったのもミミズだっていうじゃないですか、他の遺跡もね。地下のミミズたちが文明をゆっくり飲み込んだんだって。そのプロセスを壮大なスケールで、高速で見られるんだから……飽きませんよ」

「ママたちが誇らしいだろうね」

でも、ママたちは死後の世界を全然信じていなかった。死んだらミミズたちに分解されるだけなのかと聞くと、ミミズは動物性物質を好まないという返事が返ってきたものだ。

七月八日

トンネルの探査のためにチームが三つに分かれたのは、周辺に他のミミズがいないことが確実になった後だった。エルエルが一チーム、ビン・バラス・アル＝サーニー王子が一チーム、私が一チームを率いた。チームリーダーというよりはマスコットに近かったけど、何をすべきかは十分わかっていた。

「アンの言うことよく聞いてね。よく聞かなかったことが後でわかったら、解雇だから」

エルエルが脅した。

「えーっ、お金もくれないのに！　それに、こんな世の中で解雇にいったい何の意味があるんですか？」

ぶつぶつ言いながらも、みんな私を尊重してくれた。世の中が終わりかけているさなかに、尊重されることになるとは思わなかった。チームリーダーだから、私は夜のいちばん遅い時間に不寝番に立つことにしていた。みんなは疲れる一日の終わりにぐっすり眠っていた。シャワーを浴びられなかった人たちからは百合の匂いがした。

丘の向こうに飛行物体が一つ降りてきたときもみんな目を覚まさなかった。私も、他の人たちを起こすつもりはなかった。ダブルデイ局長がどこかから壊れていない戦闘機を見つけてきたのかと思ったからだ。私たちが東へ向かった後は連絡がついたりつかなかったりしていたが、急ぎの話があれば飛行機を出すぐらいのことは十分やりかねない人だった。

私は懐中電灯を一つ持って、パーカーのファスナーを端までしっかり閉めた。寒さのためというより、やぶのためだ。途中でちょっと方向感覚をなくしたが、小さな光が見えたので着陸地点を目指して行くことができた。滑走路もなしで着陸するなんてすごいなあと思った。ひょっとしたら戦闘機じゃなくて、ホバーヘリコプターの一種なのかもしれないという期待とともに、肌にかさかさ擦れる小枝が目に刺さらないように気をつけて進んでいった。ごく近くまで行ってみてやっと、戦闘機でもホバーヘリでもなく、全く知らない飛行体であることに気づいた。そして、その飛行体がミミズを乗せてきたものととてもよく似ていることも。

金属板がつぶれたり、歪むようにして出口が開き、私たちの予想通り、その飛行体は一回用に近いものに見えた。開いたすきまから、分解されたペプチド構造体が溶けて流れ出しており、ハニカム構造に近いゼリー状の緩衝材が、機材を熱と衝撃から守っていたらしいことがわかった。私はやぶの中で凍りついたようにじっとしていたが、幸い懐中電灯はタイミングよく消すことができた。何百人もの人が歩いて出てきた。ミミズじゃなくて人が。宇宙人じゃなくて人が。

「オーリー、ここでいいですか?」

誰かが尋ねると先頭の男が振り向いた。男は空気の匂いをかぐように、わし鼻をあちこちに向けて風を探った。何となく見覚えのある鼻の形だった。オーリーだなんて、それはママたちが別の次元で、私じゃない別の子を養子にもらったらつけたはずの名前だったから、そのときそこでその名前を聞くなんて奇怪に感じるほどだった。私がさらに身をすくめたとき、オーリーが言った。

「ここでいいかじゃなくて、今でいいかって聞くべきだな」

「よさそうですか？」

別の次元じゃなくて未来。宇宙船じゃなくてタイムマシン。一瞬の衝撃的な理解が私の脳神経を燃やしてしまったようだった。

オーリーとはおそらく未来の、私と近い関係の赤ん坊につけられた名前。ママたちのことも思い出して冗談みたいにつけられた名前だ。赤ちゃんではなく中年のオーリーは赤外線望遠鏡のようなものを取り出し、私は、やぶも私を隠してはくれないことを知りながら地面に這いつくばった。土は冷たく、私の体温は私の位置を正確に告げてしまうだろう。オーリーは丘からあちこちへ望遠鏡を動かした。活動中の、またはトンネルの中にいるミミズたちが見えているのかな？　このへんに残っているミミズはいないはずだけど。オーリーはどんどん角度を変えて、私のいるところを眺め……。

何事も起こらなかった。私は、自分が望遠鏡の視野に入らなかったのだと判断した。

「仕上げをやって、そろそろ移動することにしよう」

オーリーを含めた五、六人が、地面に何かをしきりに描いた。残りの何百人もの人たちは寝袋を出してちょっと休むらしい。伏せたままなので体がだんだん冷えてきた。おなかが痛くなってきたころ、彼らは満足げに自分たちの作業を見おろし、休んでいた人たちを起こした。長い行列を作って西の方へ向かっていく。わずかに西南の方角だった。私たちの一行とはぶつからない方向だ。

もう安全だと思うころ私は起き上がって、未来の人々が残していったものを見に行った。寒さのせいか緊張のせいか、吐きそうだった。メッセージが残っていた。

アン、知らないふりをしてください。地球（Earth）のために、*ミミズ*（Earthworm）のために。

なぜか私はわっと泣き出してしまい、どうすべきかただちに決定しなくてはならないことを悟った。次の不寝番の人のアラームが鳴る前に。

もう生産されていないスニーカーの底がすり減るほど強く地面を擦ってメッセージを消すと、涙は止まった。ミミズを送り込んだのは私だった。未来の私。すべてがおしまいになった後、世界を修正するために。私一人ではないのだろうが、その設計に参加したことだけは確かだ。なぜか、すべてがとてもよく知っていることのような気がした。

地球のために、私は西へ行く人々を行くに任せた。野営地に戻り、次の不寝番を起こし、翌朝には、このまま続けて東へ行こうと心に決めていた。

A.R.七四年、私は西へ歩くことにした

八月一日

地上に上ってきてからもう二か月めだ。地上の人たちは、私がすぐにでも帰っちゃうだろうと思ってるらしい。仕事の途中でちょっと休んでいると、「あいつ、また地下に潜るつもりだ」と言ってるような目配せをかわす。地下都市で育ったからってそこまで気がきかないわけじゃないのに……。でも、うんざりはしても気づいてないふりをする。

私は果物の木の下でクローバーを育てている。クローバーが元気に伸びれば伸びるほどミミズも増え、作物もカビや病虫害に遭わない。あんなにミミズにやられたのに結局ミミ

ズ農法で救われたというのは、ちょっと笑える話だ。首の後ろが真っ黒に焼けて皮膚がむけたりするから、いつもタオルを首にかけている。地下都市ではいつもショートヘアだったけど、地上に来てから髪を切ってない。首がちくちくするけど、表情を隠せるのはいい。日光を防ぐために伸ばすのも悪くはないみたい。私の肌は地下の人工照明に長く慣れすぎたらしい。

ここはかつて、シンガポールだったんだそうだ。残っている写真を、あちこち向きを変えて見直してみたりしても全然想像できないけど、もともと緑地が多い地域だったので、なおさら痕跡も残らなかったんだと地上の人たちは言っている。リセット以後は植物が地上を再デザインした。リセット以前に生まれた人たちはもうほとんど残っていないけど、話に聞いた過去への郷愁が残っていて、マーライオンを探すためにとてつもない努力が払われていた。特に発掘チームがそうだ。

マーライオンは何体もあり、すごく大きいのもあれば小さいのもあったそうだ。他の美しい建築物と一緒に粉々になったんだろうけど、想像の中では白いマーライオンがビルディングぐらいあるように思えてくる。観光みやげとして作られた冷蔵庫マグネットをいくつか、見たことがある。議会で許可が出たらマーライオンが再建されるかもしれない。まさかそれくらい作ったからって、ミミズが再来することはないよね。

私が育った地下都市は、オーチャード・ロードがあったといわれる場所のそばだった。お金持ちがある種の目的で造らせた地下室だったんだけど、巨大ミミズが遠慮なくその近所にトンネルを掘って寝たので、お金持ちじゃない人たちも入れるようになった。ミミズのトンネルどうしを、そしてミミズのトンネルと既存の地下施設をつなげて都市を建設する方法はアメリカのダブルデイのチームによって開発されたものだ。リセット時代のヒーローというわけだけど、そのチームにアジア人女性のライラ・ライがいたというのが、小さいころの私には大きな誇りだった。最年少メンバーだったアン・ナバロと同じ年ごろに自分がなったときは、どうして同年代なのにあんなに賢くて勇敢だったんだろうと感心した。私は巨大ミミズを一度も見たことがない世代に属するので、あの激変の時代を人々が正気で耐え抜いたことには驚くしかない。

八月五日

「ミミズをじかに見たいと思わない？」

「毎日見てるけど？」

「違うよ。だからー、巨大ミミズをってことだよ」

隣のベッドのイサクに聞かれた。イサクは発掘チームで働いているので、そっちの方面に関心が高いみたいだ。

「アン・ナバロがもう二度とミミズは現れないだろうって言ったじゃないの。あのミミズたちは繁殖しなかったし、卵は一個も発見されたことがないし」

「でも、どこかに一匹残ってたら？」

「……だったら見たいけどな」

「剥製にでもしとこう。実物が見たいよ」

「一節とか二節とか残ったのがいたっていうけど、洞窟みたいだったって。とにかく、そんなに大きな体が一瞬で分解されちゃうなんて、ほんとに清潔な動物だよ」

ミミズは伝説として残ってて、小さいときに不平を言ったりものを壊したり、とにかく大人が嫌がることをすると「言うこと聞かない子はミミズが来て飲み込んじゃうよ」なんて言われた。学校では、人類がリセットから何も学習せず誤った方向を選んだら再びミミズを呼び寄せてしまうと、ミミズを見たことのない世代にも教育した。空の上に管理者たちがいて私たちを導くために見守っているなんて、ちょっと感じ悪い宗教みたいな気がする。だから私は、その点についてはあまり考えずに生きることに決めたんだと思う。ほんとは子供より大人の方がミミズを恐れていたのではと思うようになったのは、最近のことだ。

怖さを原料にして人類は次のステップへと進んでいった。ミミズが到達しなかった地中の深いところに都市を作り、地熱発電でエネルギーを作り出し、どんなゴミも都市の外へ持ち出さなかった。資源は都市の中で果てしなく循環した。主な危機は地震だ。初めのうちは誤って岩盤を傷つけて地震が起きたこともあったし、もともと地震頻発地帯だった場合、地下都市はなおさら危険だった。試行錯誤を経てゆっくりと要領を身につけながら、再び文明を作り上げなくてはならなかった。ミミズたちが来る前よりは明らかに暴力性の低い文明だし、ともあれ病院も学校もあるので、リセットがすべてをリセットしたわけじゃなくてよかった。

八月六日

いい土だなあ、と私はしょっちゅう一人言を言う。鋤（すき）で耕したりもしてないし、クローバーと落ち葉以外には肥料も使ってないのにすごく肥沃なんだから、驚くしかない。食料は地上だけで生産しているわけではなく、地下都市にもハイドロファームはあるけど、最近は地上農場の生産量が確実に上昇傾向にある。ミミズが戻ってこないことはほぼ確実だから農場の面積を拡張する人もいるが、それには反対したい。人類が地下に入っていき、地上を他の種に任せるというのは、けっこういい配分だったと思う。

農場の近くを探索している動物たちが好きだ。もっとしょっちゅう会えたらいいなあと思うし、そういう偶然の遭遇が地上生活を選んだ重要な理由でもあった。そんなに危険なことは起きない。もともと家畜だったが解放された動物もいるし、抑圧されていてまた繁栄に転じた野生動物も……。森の中では孔雀が恐竜のように繁殖していた。鳴き声も恐竜みたいで、けんかでもしたらもっと恐竜みたいで。もちろん、巨大ミミズを見たことがないのと同じく恐竜も見たことがないけど、十分に想像はつく。

このごろすごく楽しませてくれるのは、賢くて愉快な豚たちだ。何が何でも囲いを蹴散らして入ってきて、果樹園でタイミングよく落ちてきた果物を食べている。追い出すのが一仕事だけど、利口で愛嬌のある動物だと思う。近づきすぎたり、触ったり、えさをやったりすると大変なことになるけど、見ているぐらいなら大丈夫。地下都市の生活は快適だったけど、深い地底の地圧に耐えられる他の種はいないのでとにかく人間ばっかりだから、それはちょっと退屈だった。リセット時代を生き延びたペットは少ない上に、種差別禁止法ができて以降は、新たにペットを交配したり野生動物を飼いならすことができなくなり、本当に人間だけなのだ。代わりにすべすべの服を着せたＡＩを飼う人もいたけど、動物とは違う。

種差別禁止法は人間たちを少々寂しがらせはしたが、大きく見れば正しい方向だったことはみんなが認めている。地下都市の初期に獣因性の伝染病で何度か大きな被害を受けた後、人々は家畜という概念と実在の両方に泣く泣く終止符を打った。カモを殺して犬に食べさせるのはもうやめにしたのだ。最後のペットたちが平和に寿命を終えたらそれでおしまい。人類が他の種を奴隷扱いし、虐待し、抹殺したからミミズたちが来たんだと言う人たちもいた。

人類はもう、人類のために他の種を蹂躙（じゅうりん）しない。囲いの外の豚たちをそーっと見てると心が平和になる。

八月十日

発掘チームに派遣された。長くじゃないけど一週間ぐらい、向こうで人手が足りないので手伝うことになった。イサクのいるチームなので、そんなに緊張もしないですみそうだ。

「アミとイサクはほんとに仲いいんだねえ」

チームリーダーが明るく声をかけてくれたけど、私もイサクもぎこちなく笑うだけだった。ほぼ同年代で、ここに来て偶然にルームメイトになっただけで、それほど親しいわけではない。

発掘チームの人たちはすぐ興奮するし、すぐ怒る。興奮するのは興味深いものを見つけたときで、怒るのは、過去の破壊行為の痕跡を見て理解できないと思ったときだ。巨大ミミズたちは信じられないほど几帳面だったらしいが、彼らにもミスはあった。土中にまるごと埋もれていた、在庫でいっぱいの倉庫を発見したとき、私たちは在庫という概念にショックを受けた。

「デッドストックが死を招いたね」

チームリーダーが冷たくつぶやいた。誰も欲しがってない、需要をはるかに上回る量の品物を生産するなんて、こういう豊かさはすごく嫌な種類の豊かさだと思う。続いて、小さな動物園の痕跡を見つけたときは大勢の人が吐いた。倫理感というものは本能的な好き嫌いに近そうなのに、短期間に急激に変化することもあるというのが興味深い。

午後はずっと発見したものを分類して積み込んだ。百年前に作られてもう完全に役立たずになったものもあったが、まだ使えるものもたくさんあった。古い在庫たちは地下都市の循環システムに吸収された。

八月十八日

作業を終えた後、西へ西へと歩いた。夕焼けがきれいな日だったので止まりたくなかった。暗くなる前に帰れるぐらいの距離を見積もって、限界まで歩いた。イサクがすごく長い快感パターンをもらったというので、部屋を譲ってやって夕暮れどきの長い散歩をすることにしたのだ。今世紀最大の業績は、光ケーブルをかつての四十パーセントまで復旧したことだ。リセット以後危機に瀕していた全地球的な連結性を再び享受することができるようになった。そして、光ケーブルに乗って快感パターンが行き来する。

人類初のセックスをしない世代だと、上の世代の人たちは私たちをからかうようにそう呼ぶ。セックスをステッカーと交換しちゃったとも。だけど快感パターンの方がずっと楽しい。快感パターンを初めて作ったのはエルエルだといわれているけど、その事実は確認されていない。

何世代も経て最近、快感パターンを作る突出した才能を持つパターンマスターが登場した。マスターたちが作ったパターンは、アマチュアのとはレベルが違う。小さいとき、遠くに住んでいる友達と、「あなたを思って作ったパターンだよ」みたいなメッセージを添えてパターンをやりとりしたのがちょっと照れくさくなるくらい。すてきなパターンを楽しんだ後は解脱した人みたいに無欲になって、まわりの誰かと何かをしたい気持ちにならない。また、相手の作ったパターンがすごく趣味に合うからといって、わざわざ直接会いたくなることもない。

適正人口数を維持することが地下都市の課題だったので、快感パターンはそのときどきで推奨されることもあれば弾圧されることもあった。おかしな話だ。

八月十九日

飛行機が飛ぶというので見に行った。一度の飛行に二十万リットルの航空燃料を使う飛行機が常に空を何千、何万と飛んでいた時代があったなんて、想像するのも難しい。今では飛行機が飛ぶのはすごく異例の事態で、緊急に資源を交換しなくてはならないときや、年に一度移住申請者を移送するときに使われる。移住は都市どうしがしっかり協議して合意を形成し、人数を合わせた後で行われるので、場合によってはかなり長く待たなくてはならない。

「今じゃないけど、いつか移住するかもしれない」

イサクはよく、寒いところで暮らしてみたいと言っている。スキーもスケートもやってみたいと。私はそういうことには関心がないけど、アフリカに行ってみたい。巨大ミミズがサハラ砂漠を地球で最も肥沃な土壌に変えたというので、直接行って確かめてみたい。去年、そこで収穫されたというぶどうの写真を見たら、写真の中のぶどうの粒が握りこぶしぐらいあったんだけど、ほんとなのか、味はどうなのか知りたい。

八月二十二日

地下都市から補給品が来た。

「新しい服、いりますか?」

分配してくれる人が私の作業服の膝のところをまじまじと見ながら尋ねた。

「ズボンだけください」

砂利に擦れて破れそうでひやひやなので、ストックをもらっておこうと思った。幸い、私に合うサイズがあった。農場ではさまざまな作物を栽培しているけど、繊維の材料になるようなものは意図的に栽培していない。古い服を直して着たり、分解して再生したり、ときにはミミズたちが見逃していったペットボトルから作ることもある。私みたいに作業服で一年ずっと過ごすタイプもいるけど、やっぱり多くの人は美しさを追求する。譲り受けた服は宝物になり、主に特別な日にだけ着る。限られた環境でいっそう才能が輝くデザイナーたちが粘り強く成果を上げてきたというわけだ。

作業服は再生した布でできているので、茶色と青が微妙に混ざっている。均一に染めてくれればいいのにとぼやく人たちもいるけど、よく見ると他の糸が混じっているのが面白くて、私はわりと好きだ。

「だけど昔の映画見ると、奴隷とか収容所に入れられた人がこんな袋みたいなの着てるよ」

ぶつぶつ言いながらも、一人一人ちょっとずつアレンジして着てるのを見るのも楽しい。袖だけ取り換えたり、飾りをつけたり、自分で染めたりもするし、プリーツを入れたりも。こんどもらったのにはニーパッチを当ててみようかな。

八月二十四日

エンターテイメント産業は、リセットによって最も影響を受けた分野の一つだった。かつては二百以上ものテレビのチャンネルがあり、毎週違う映画が映画館で上映されていたなんて信じられない。ミミズたちはスタジオを飲み込み、カメラを飲み込んだ。一度見てポイされるような小品を作っている余裕はもうなかった。そんな状況だから、新しい番組が始まると、一回めは熱烈な歓呼の中で上映会をやる。

ときどき、過去に作られたシリーズが消費されることもあるけど、正直ちょっと物足りない。全巻残ってるものより飛び飛びのものの方が多いし、リセット以前のコンテンツは暴力的なシーンが多くて、見ててしんどいことがよくあるからだ。せっかく作った大きなケーキを、気に入らないからってすぐにゴミ箱に入れたりするシーンを、私たちは笑いながら見てはいられない。動物の密集飼育を何とも思わない人たちが人間だけを愛している様子は、体にこたえる。あの大災厄を呼び寄せた過剰社会のいちいちが辛くて、あらすじに集中できないのだ。

「今日上映会やるの、どんな映画なの?」

巨大スクリーンがかかっているのを見ながら私が聞いた。

「タイムトラベルものだって」

「そうなんだ?」

「ちょっと陰謀論っぽいみたい。ミミズたちは宇宙から来たんじゃなくて未来から来たものので、ミミズを送り込んだ人たちもリセットの時代に戻ってきて一緒に生きてたって、そういう仮説、あるでしょ」

「ありえないよ。だったら今、私たちがタイムマシンを作らなきゃいけないじゃん」

「違うよ、だって、もう変えられたその未来に生きてるんだから」

「どっちでもいいよ。そんなの、まじめに信じてる人もいるんだ?」

そんな内容なのかと思って観る気が失せたけど、意外にいい映画だった。恋に落ちた貧毛綱学者どうしがデートをして、ホテルで自殺未遂をしたビン・バラス・アル＝サーニー王子を助けるときには思わず涙が出た。二人の娘であるアンとビン・バラス・アル＝サーニー王子が、十数年が流れた後に再会するときも……。アンを演じた俳優が私が想像していたアンに似てたから満足だった。エルエル役の俳優はエルエルのすばらしい知性をちゃんと表現できていなくて気に入らなかったけど。めがねだけかけてどうすんの、めがねの奥に光るものがなくちゃね。

エルエルの孫であるオーリー・ターニー・ライ・チョンが提供した資料と、当時書記だったマディガンが几帳面に残した記録をもとにしているおかげで、全体として見ればひどくでたらめな内容というわけではなかった。何年か前から、オーリー・ターニー・ライ・チョンが失踪したという噂があって、世間が暇になると出回っては陰謀論をいっそう煽っているらしい。

八月二十五日

解放記念日なので地下都市に帰ってきた。久しぶりにらせんエスカレーターに乗ったらちょっと乗りもの酔いしたみたい。車二台が入るぐらい大きくて、ゆるい曲線を描いてゆっくり降りていくのだが、微妙にむかむかしてきた。いつも乗っているエレベーターの方がいいけど、大勢の人がいっぺんに動くには効率が悪いので仕方ない。

「この子ったら真っ黒に日焼けしちゃって、皮膚がんになっちゃうよ！」

「あんた、ほんとにずっと地上で暮らすの？」

地下都市の人たちがうるさいので、私はいちいち返事をするのがめんどうで、できるだけすみっこにいようとして苦労した。

地上最後の巨大ミミズが死んだ日を記念する「ミミズ解放記念日」を、時差を置いて地球のいたるところで祝うのは、けっこうすてきな行事だ。当時の通信状況はそんなによくなかったので正確な日付をめぐっていろいろ論争があったけど、協議の末に二十五日に決めたんだそうだ。人々は冗談めかして細長いミミズ形のパンを作り、節々を折って食べる。

「何でこのミミズの顔、笑ってるの？　変だよ」

「うん、まあね。でも苦しそうな顔にしたらもっと変だよ」

大笑いのミミズの頭はしばらく残っていて、いとこの食欲旺盛な口に入っていく。

「マーチとショーを見に行こうよ」

主に学生たちが、リセット時代のヒーローのコスプレをしてアリの巣みたいな道を行進する。もう大量生産されていない楽器は大切に扱われ、中には二百年前に作られたものもあると聞いた。楽団の演奏は毎回似たようなレパートリーだけど面白い。

夜のクライマックスは花火に似せたホログラムショーで、最初のころ、無理して本物の花火をやろうとして何度か笑えない事故を起こした後に妥協した結果がこれだった。本物の花火を記憶している人たちはもう何人もいない。

「あんなの、偽物だよ。ほんとの花火じゃなきゃ気分が出ないね」

「何言ってるの？　本物の方がずーっと退屈だったよ」

　この問題では意見が割れる。

八月二十六日

　サイレンが鳴った。ショーを見て遅く寝た上、久しぶりに飲んだお酒の影響もあって頭が重かった。目が覚めきってない状態で間隔を測ってみると、私たちの都市の危機のために鳴ったんじゃなかった。すぐに案内放送が流れ、友好都市の近くで火山が噴火したことが知らされた。

「バリ島で火山が噴火したって」

　部屋の外へ出ると、みんな深刻な顔をしている。

「都市の入り口がふさがっちゃったらしい」

「地震は？」

「建築物がいくつかメインの通路から進入できなくなっているけど、深刻な状況ではなくて、部屋ごとに非常用食料や酸素発生器があるから、とりあえず大丈夫だろうって」

「ジョグジャカルタの方には装備あるのかな？」

「あるけど足りてない。私たちも準備ができ次第、すぐに出発しないと」

救護チームで志願者を募っていた。私はリストに名前をアップすべきか、やめておくべきか悩んだ。船に乗ったことがないので、下手についていってお荷物になるのが怖かったのだ。急いで出発しなくちゃいけないらしいのに、記念日の直後でみんなお酒飲んだり遊んだりして気が抜けているから、担当者は困ったようにうろうろし、その様子を見ていると、乗りもの酔いは怖いけど私でもいいから志願すべきだという気がした。

救助装備は、地上にうまく隠された基地にもう準備されていた。百人にちょっと欠ける人数の志願者たちは運送用の大型トラックに乗り、簡易安全ベルトを締めた。ハーバーフロントまで一時間ぐらいかかり、そこから船に乗った。風力エネルギーと太陽光を同時に利用するエナジーフィルムで動き、バッテリーで補助する船だそうだ。久しぶりに続けて大きな乗りものに乗ったので、気が気じゃない。

「アミさんは船、初めてなんですって？」

「はい、船酔いするかと思うと怖いです。らせんエスカレーターでも辛いので」

幸い、ひどい苦労はしなかった。お天気がよかったせいでもあるし、そのお天気を楽しんだのは私たちだけではなく、水中の魚たちも大喜びだった。死に絶えたと思われていたサンゴがやっと回復方向へ向かって何年かしか経っていないが、私たちの船はサンゴの群落を避けるために気をつけて動いていた。私は欄干の上から首を伸ばして水中を見物した。

「水が半分、魚が半分ってジョークじゃないんですね。こんなにたくさんいても大丈夫なのかな？」

「これからは、動物たちでちゃんとやっていくでしょう」

種差別禁止法が施行されて最後の養殖場が撤去され、今や人類の文明は、一匹の魚も閉じ込めていない。海を食料倉庫と考える習慣は消えた。つながれた命も閉じ込められた命もなく、未知の領域へと進んでいる……。ときどき地震や火山がちょっと邪魔するけれど。

「私たちがこうして災害に遭った人たちを助けに向かってるのは、文明がうまく機能してるってことですよね」

誰かがそう言い、私はリセット以前のいい部分は保存されているというその意見に賛成だった。欄干のむこうに頭を出してずっと下を向いていたので、やっぱり船酔いした。

八月二十七日

明け方に到着し、日が昇るまでちょっと寝てから作業が始まった。ジョグジャカルタ、パラワン島、ホーチミンの人たちは私たちより先に到着していた。幸い空気の状態はよく、これ以上の噴火はなさそうだった。私たちは残ったポイントに陣取って、溶岩の流れる道の向きを変えた後、もう固まっている部分は掘り下げていった。八十パーセント以上の仕事は機械がやるが、繊細な作業が必要なときは志願者が投入される。眉毛が汗をちゃんと止めてくれない。ハンカチをもっと持ってくればよかったな。

事態は予想以上に深刻で、メインの通路までの間は一部崩壊していたが、孤立してしまった建物は地中ですぐに発見された。タンクを開ける前にサインを送った。トン、トンとたたくと反対側からもトン、トンと音がした。力強い音で、中にいる人たちが無事であることがわかった。そのとき残りの四都市の人々がお互いを見ながら交わした表情を、ずっと忘れられないだろう。最初に救出された人たちが外の空気を吸って浮かべた表情も。

最後の日光が西に消えると、ランプがいっせいに光を放った。

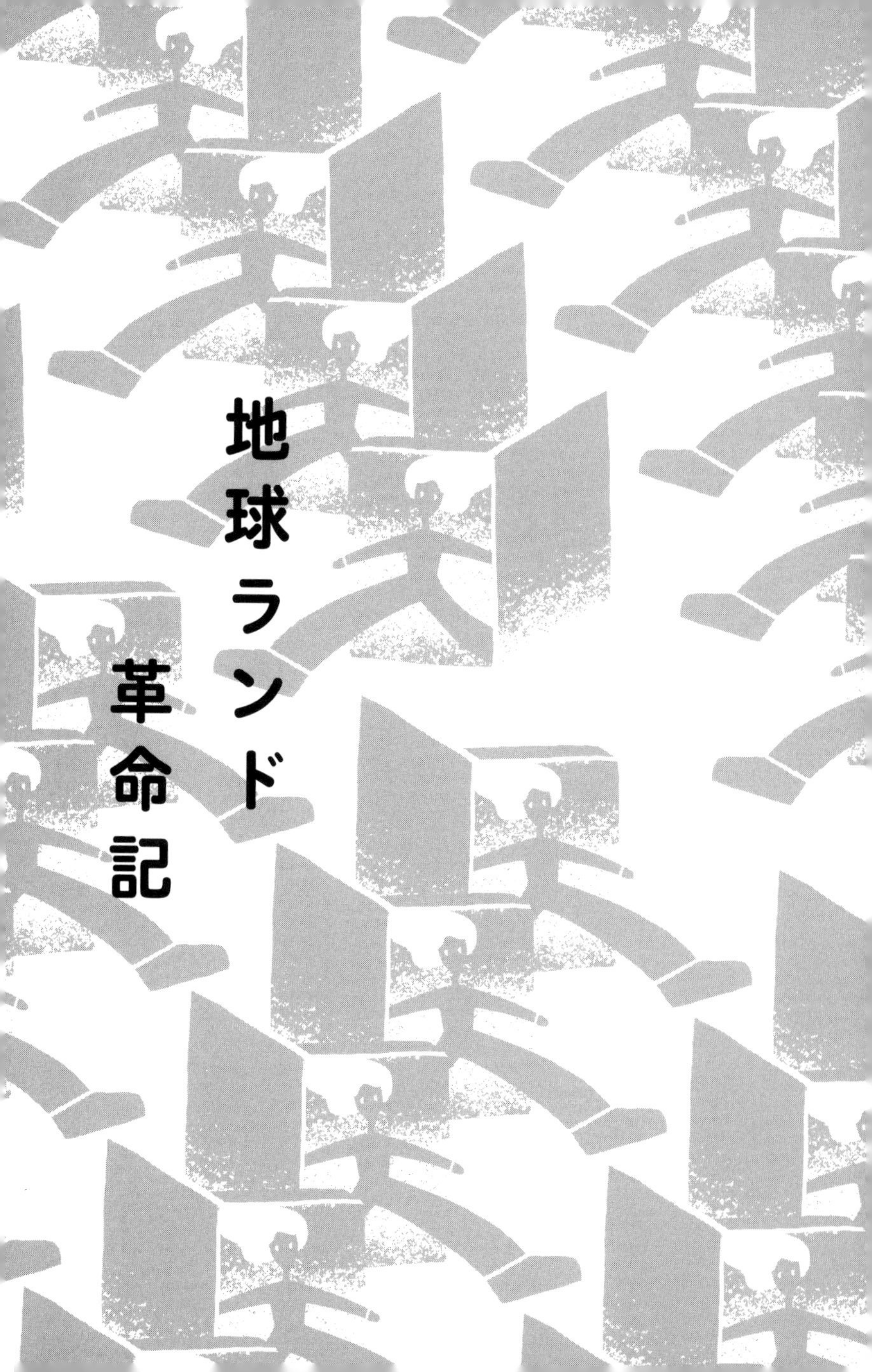

地球ランド革命記

「十五センチもある奥歯が二本、いっぺんに出てくる気分ですよ」

翼が生えてくるのはどんな気分かと聞くと、天使が暗い表情でそう答えた。天使は地球から空輸されたグラフィックTシャツ一枚一枚の背中に穴を開けていた。私は大事にとっておいたタイレノールを一錠、渡してやった。

「ありがとう。何となく、地球の薬はよく効く気がする」

肩から白い骨が飛び出し、赤い海藻みたいに血管と神経がその上をおおいはじめた。羽毛が生えてくるのはまだまだ先のことに思えた。

＊

私が地球ランドからの脱出をあきらめたのは、働きはじめて一年半ぐらい経ったころだ。公式名称は第二地球だが、この惑星の関係者はみんな地球ランドと呼ぶ。地球ランドは一種のテーマパークだ。地球出身者としては嬉しくないことだが、本物の地球は各種の暴力、ヘイト、災害だらけなので旅行者の評判は悪かった。旅行安全地域になるまでには数千年かかるだろうというのだ。そこで、ミニチュア公園とか体験型博物館みたいな安全な模造品としてここが作られた。その手の観光地によくあるように、すごく精巧な模写じゃなくて……どっちかっていうとぞっとするような再現物に近かったので、商売はさんざんだった。無理もない。

私は地球ランドに居住する唯一の地球人であり、広報責任者だった。マレーシアに新しくできるフランチャイズ遊園地の東アジア担当広報チームリーダーを募集するというので応募したところ、面接後に意識を失い、目覚めてみると我らが銀河系をはるかに抜け出していた。年俸を二十五パーセント上げてやるという言葉にだまされて宇宙人に拉致されるなんて、うますぎる話は疑ってかかれという万古不易の真理を噛みしめるには遅すぎたというわけだ。地球の通帳に月給がきちんきちんと入金されているという確認書を毎月もらうたび、もういい、勝手にしてと投げ捨てたくなる。来たくもなかった場所に足を縛りつけられ、食事クーポンで合成食品をもらって食べて生きているのは、過酷なエビ釣り漁船に人身売買されたのといったいどこが違うのか、毎日が惨憺たるものだった。

京畿道南部にある、十九歳のときから働いてきた遊園地が心底懐かしかった。どんな栄耀栄華を享受しようとして転職を夢見たんだか、自分がほんとに恨めしい。大学受験が終わると人形のお面をかぶって子供たちに蹴られる仕事を始め、綿あめの実演販売を経てローラーコースター担当者として最高点を記録した場所だ。アルバイトで稼いで大学を卒業し、正式に広報部に合流したのだから、あそこが地球での人生をひっくるめて唯一の職場だったということになる。会社は会社だから不条理なこともいろいろあったけど、辞めるときは人生の一段階が終わるんだと思ってわあわあ泣いた記憶がある。交換留学とか語学留学に行けなかったのが心残りで、外国で働いてみたかっただけなのに、宇宙で働くことになるとは夢にも思わなかったんだよね。

遊園地というものは基本的に、多少の安っぽさは避けられない場所だけど、地球ランドはそんなレベルじゃなかった。窓の外に見えるのは、くすんだ仮設の建物が立ち並ぶ中、グロテスクな人形が歩き回っている風景だけ。仮設の建物は、ユニバーサルスタジオのハリウッドやニューヨークの街より臨津江の向こうに見えていた北朝鮮のものに似ていた。その間を人形たちが不自然なアニメキャラの顔をつけ、足についたキャスターで走り回っている。死んだ目をしてローラースケートで移動する若者たちみたいな感じで、二足歩行もできないという点では、地球ランドの妙に不揃いな技術レベルを露呈しているみたいだった。

人形たちの目標は施設を保守し、活気があるように見せかけることだったが、両方とも失敗で、遊園地全体がむっつりとした雰囲気の中で、みじめに古びていきつつあった。ほとんどの日は人形たちしかいないのだ。びびっている観光客がぽつりぽつりとやってきては、逃げるように素早く出ていく。相手がどんな種でも、びびっていればそうと見分けられるようになったのが悲しい。

よく考えてみれば、地球にも地球ランドにもいたことのある生物は自分だけだなんて、コメディ以外の何物でもない。雇用主でもあり、この惑星の主人でもある人は**デザイナー**という肩書きで呼ばれており、これはあまりにでたらめなデザインじゃないですかと会って聞いてみたかったが、そのときまで会うこともできなかった。たった一度、イントラネットであまり重要ではない指示を受けたことがあるだけだった。

*

「私も五歳のとき以来、**デザイナー**に会ったことはないですよ。どこかに閉じこもってるのかな？　閉じこもってまた何か作ってるんですかね？」

天使は炎症と熱に苦しみながら、虚心坦懐に**デザイナー**を罵った。私は事務室の片隅の監視装備をサッと見上げた。音を拾わない装置なのかどうか、確認しなくてはならないようだ。

「繁殖しないから天使なんだと思ってたのに」

実際、会うや否や天使がその話をしたのでめんくらったのだった。「私は繁殖しません」というのが自己紹介だなんて、何て答えたらいいのか悩んで「最近は地球でも、繁殖しないのが流れなんですよね」と適当なことを言ってあげて、すぐに親しくなることができた。

「なのに、今ごろになって翼が生えてくるなんて……いくらメッセージを送っても返信もしてくれないし」

「痛みはずっとあるんですか？」

「だんだんひどくなってくるみたい。あ、それでもぐっすり寝て起きるとましですね。**デザイナー**はね、他の兄弟姉妹たちには夜も寝られないようにしたんですよ。少なくとも私は寝られますから」

そんなことを話していたときはまだ、天使の体調はそれほど悪くなかったのだが、何日か経つと深刻になってきた。一緒に私の部屋に戻り、不足ぎみの常備薬で一生けんめい看病したが、あまり好転しなかった。がら空きの広報室に職員は天使と私だけ、宿所もほとんど全階が空いている。人工重力がときどき不安定になるので、安全のため家具も装飾品もかたづけてしまった部屋で、私たちは頼り合って暮らした。

私は具合の悪いときの天使の苦しげな声にはらはらしてその顔を見つめ、天使は拉致された私の頭がおかしくならないように、優しく、粘り強く声をかけてくれた。ある日、自分が天使を愛していることに気づいた。静かだが強力な気づきだった。社内恋愛なんてうんざりだと思ってたけど、起きたことはどうしようもなかった。

*

「いくら医療支援チームを要請しても返事がないんです。イントラネットにエラー表示が出るだけなんですよ」

私は久しぶりに医務室に寄ったネコニンゲンに哀れっぽく訴えた。天使は出勤することさえできなかったのだ。ネコニンゲンは**デザイナー**が天使より先にデザインしたという、天使のきょうだいの中で唯一会ったことのある相手だ。**デザイナー**の食事クーポンを拒否し、ジャングルに住んでさまざまな密輸業を手がけているという点で、天使より反骨精神があった。二人は仲が悪いわけではなく、ネコニンゲンは天使に地球のグラフィックTシャツを売りつけにときどき立ち寄り、天使は備品を横流ししてその支払いに充てていた。確かに、きょうだいの間柄のような空気が行きかってはいた。

「天使と自分は生き残った側なの。どんだけ大勢死んだかわかんないよ。ときどき思ってたんだ、**デザイナー**は我々の寿命を時限爆弾みたいに決めておいたんじゃないかって。むかつくよね。次の翼が生えて天使が死んじゃったら、これがアートだとか言うんだろ。めちゃくちゃ歪みきってる……。自分にしたって、全然猫に似てないでしょ。何でこれでネコニンゲンなの？」

　確かにネコニンゲンは、全然猫に似ていなかった。いつも愉快そうに見える目はコーヒーキャンディーみたいだが、ネコみたいに瞳孔が急に広がったり閉じたりはしない。色の濃い皮膚はすべすべで、別に毛深い方でもなく、耳も普通だし、しっぽもないし……ただ、膝が猫の後足みたいに後ろに曲がっていた。だぶだぶのミリタリーパンツの中でも曲がる角度が違うのが見えた。その違いは、猫というより山羊とか牧羊神を連想させたりもする。膝のおかげで、七階の高さから飛び降りてもけがをしないのが類似点といえば類似点だ。経験上、八階ではけがをするんだそうだ。無理すれば十階でも可能だろうけど、無理したくないんだとつけ加えてたけどね。

ネコニンゲンがうちの事務所に来るのは、ものを売りたいからというより、窓から飛び降りたくなったときじゃないかと思う。合板でできた仮設の建物は高さはないし、この惑星にはちゃんとしたビルはいくつもない。取り引きを終えて飛び降りるネコニンゲンは、明らかに何らかの衝動に苦しんでいるみたいに見えた。それはたぶん**デザイナー**が植えつけた衝動だと思われ、ネコニンゲンは飛び降りるのが身の毛もよだつほど嫌いなのに、その衝動に勝てないという様子だった。上ってきたときと同じようにエレベーターで帰ったことは、一度か二度しかない。

「だから、ネコニンゲンの代わりに新しい名前を考えてみたんだ。〈ランディング・マスター〉ってどう?」

「本質には触れてるみたいだけど、ヒーローものに出てくる名前っぽすぎないですか?」

「じゃあ、もっと考えてみないとね。あのさ、もっと悪くなったら言ってね。自分としてはここの現状、本気で気に入らないんで、**デザイナー**に会おうと思ってるんだ。あの野郎、作業室に何年も閉じこもったまま出てこないんだ。また生まれたくない誰かを無理に生まれさせてるんでしょ。もう、嫌で嫌で耐えらんない。誰かが**デザイナー**を止めるべきだよ。その気があるなら一緒に行こう」

窓から飛び降りる前にネコニンゲンがそう提案した。私はそれまで、自分の拉致者に会いたいかどうか心を決められずにいた。

*

翼二枚が育ちきってしまうと天使は少しよくなったようだった。熱が下がり、炎症も痛みも消えた。翼のせいで歩くときに多少バランスが崩れたが、慣れることはできそうだと言っていた。一・二メートルというのはかなり存在感のある長さだが、飛べる翼ではないのであくまで飾りという感じで、その点がデザイナーらしいとみんなが目つきでそう言っていた。私としてはただ、天使がもう苦しんでいなくて何よりだったけど。

「翼が重くて腰が痛いんですよ。動かしてみようとしても、ものすごくのろのろとしか動かないし、うつ伏せに寝ないといけないから首もあごも痛いし、とりあえずシャンプーで洗ってるけど、シャンプーの配給はまだまだ先でしょ?」

天使の顔はまだ病み上がりっぽかったので、私は、背中が空いたハンモックみたいなものを買うべきじゃないかと悩んでいた。静電気の起きない素材じゃないと。翼についた埃や糸やすすを払ってやるとき細かい羽毛が気持ちよかったが、まさかそうは言えない。妙に後味がむかむかする配給食を食べて宿所に戻り、きっちり歯磨きをした。一、二時間ほどそれぞれの趣味を楽しんで、寝る前にときどきキスをしたり体に触れ合ったりする。姿勢を変えるたびにやたらと翼が邪魔をした。天使もちゃんと楽しんでいるのかどうかがすごく不安になってしまう。三枚めの翼が生えるまで、私の悩みはその程度だった。

「一組あれば十分なのに。何でまた生えるんだろ?」

「悪趣味中の悪趣味だよね」

私たちはそう憤慨していたが、やがて天使は憤慨もできないほど熱が上がってきた。最初の二枚が生えてきたときとは次元が違う。私は自分の旧式のアバンテに天使を乗せて、ネコニンゲンの住むジャングルに向かった。拉致専門の宇宙人たちが親切なことに、私の中古の車をここまで運んでくれたのだ。何て無意味な配慮だと思ったけど、最悪の事態においては意外と役に立つ。もちろんアバンテはジャングル向きの車ではないから、ジャングルの奥深く入ったらすぐに乗り捨てなければならなかった。天使をおぶって、ならしていない地面を歩くのは容易ではなかった。翼の重さについてよく考えてみた。光の入るところでも入らないところでも、天使の熱のせいで背中がずっと熱かった。

「よく来たね」

ネコニンゲンが迎えてくれた。木のてっぺんからスタッと飛び降りてきたのだが、高さはそれほどないのでつまらなそうな表情だ。

「ほんとにぞっとするよね」

ネコニンゲンが同意を求めてきた。

「何がです?」

「このジャングルね、おんなじパターンのくり返しなんだよね」

全然気づかなかった。そういわれてみると、はんこで押したようにくり返しになっている。フォトショップのパターンのコピーを連想するようなジャングルだった。壁紙とか服の生地の模様をもっと大きな単位で、三次元で再現したのと変わらない。

「ここ、全然地球に似てないですね……地球のジャングルはこんなじゃありませんよ。そんなに地球が好きなら**デザイナー**だけが一人で地球に行けばいいのに、何でここにいてみんなをいじめるんでしょうね?」

「地球には行けないんだよ。自宅軟禁中だもん」

「軟禁されてるんですか? どこに?」

「この惑星全体が自宅っていう設定なの」

この新情報に、どれだけ唖然としたかわからない。

「誰か来たりはするんですか? 来て、ここをチェックしたりとか? いったい自宅軟禁中にどうやって営業するんでしょう?」

「ああ、**デザイナー**がどういうロビー活動をやったかは知らないけど、それができるようになってるんだ。事業体の経営者は天使になってるけど、その一方で天使はペットとしても登録されてるし……」

「何それ、地球よりでたらめじゃん。地球はひどすぎるから観光地としては勧められないとか言ってたんですよ？」

ネコニンゲンは細いため息を漏らした。

「だから、引っくり返してやろうよ。この惑星の全部がむかつく。自分自身もそのむかつくものの一部みたいなんだけどさ、とりあえず自分以外の部分を引っくり返したい。一緒に**デザイナー**を殺しちゃおうよ」

「まずは、天使を治してくれって要求するつもりなんです。もしその要求を聞いてくれなかったら……ええ、やっつけちゃいましょう」

そう答えると、ネコニンゲンがどこで手に入れてきたのか、十九世紀ごろのものみたいに見える地球製のピストルを一挺差し出した。

「かっこいい武器だろ？」

「もっと最新型のはないんですか？」

「密輸業者にあんまり期待しないでよ」

「これは私が持ってることにしますね。正直、あなたってかっとしやすい方でしょ？　信用してないわけじゃないけど、天使が治療を受ける前に撃ったらいけないから。アトリエはどこか知ってますか？」

「そんなのわかりきってる。海だよ。すべての生命はもともと海から始まるってのがお決まりだもん。行くならパスワードが要るよ」

「パスワードはどこで手に入りますか？」

「イントラネットの担当者が知ってるよ」

*

朝顔姉貴。

あくまでも公式名称だ。シスター・モーニンググローリー、牽牛花姐姐、エルマーナ・カンパーニャ……。地球のいろいろな言語で姉貴の名前が表記されていた。姉貴は地球ランドのイントラネットを担当するメインサーバであり、私と同じく拉致されたうえ、改造までされてしまった被害者だ。

姉貴は天井の高い温室の真ん中で、足の指を柔らかい黒土の中に埋めて座っていた。足の指以外はよく見えなかった。薄緑色の柔らかい蔓に全身が覆われていて、その中に人が入ってると推測されるのみ。蔓は四方に伸びていて、今咲きはじめたくるくる巻きのつぼみと満開の花たち、弾ける寸前の子房も目についた。姉貴の体から出ているいちばん太い蔓は、ランケーブルとつながっていた。それは確かに地球では一度も見たこともないようなものだった。

「ネコニンゲンは出てって」

朝顔姉貴の声からは電子音が出ていた。ネコニンゲンは顔をしかめてすぐに出てしまった。

「お二人、仲がよくないみたいですね？」

「どこでもきょうだいはみんなそうでしょ」

密輸された薬で気を取り直した天使は、やっと体を引きずって朝顔姉貴のそばに近づいた。

「お姉さん、私はとても具合が悪いので**デザイナー**に会わないといけないんです。パスワードが必要です」

「パスワードを教えるのはプロトコル違反だよ」

天使は朝顔姉貴のそばに座り込んだ。そして手を伸ばして蔓の中へ入れた。まるで、この気持ち悪いほど熱い手を触ってみてよ、と言っているようだった。

「この星を出ていく準備をしていることは知っていますよ。亡命するつもりでしょ?」

「……どうしてわかったの?」

「冷凍コンテナを五個、ネコニンゲンに注文したじゃないですか。そんなに仲が悪いのに。種のためのものでしょ? こんなところに種をまくわけにいかないってこと、理解できますよ。一粒もまいてないでしょ? ずっとよそに保管しておいたんでしょ?」

「準備しておいただけだよ。つながれてる以上、私はここを離れられないもの。**デザイナー**がすぐに気づいちゃうから」

「私たちはたぶん**デザイナー**を殺すことになります。ことがどう運ぶにしてもね。だからパスワードを教えてください」

朝顔姉貴がすぐにうなずき、天使の耳元でパスワードをささやいた。姉貴は地球人である私を信じていないらしい。「次の子房が弾ける前に帰ってこなきゃだめだよ」。天使と私は朝顔姉貴に確約しなくてはならなかった。姉貴はアイスパックを何個か宝物のように貸してくれた。私たちはそれを二つの翼の間、最初のよりはるかにとんがって、天使を思いきり苦しめている突起の上にのせた。

「海に着いたら起こしてください」

ネコニンゲンの子供たちが帰ってきて、担架を持ってくれた。

*

二日かけて海に着いた。コンクリートで埋め立てた海岸線は殺風景なことこの上ない。ネコニンゲンが、陸地から遠く離れた突出した岩に建っている灯台を手で示した。そこが**デザイナー**のアトリエだという。船が一艘もない星に灯台なんて、やっぱり**デザイナー**らしい。

「水深はあんまりなさそうですね。せいぜい腰ぐらいまででしょう。靴下脱いでさっと渡っちゃいましょうか？」

防潮堤の端に降り立とうとすると、ネコニンゲンがあわてて私を後ろから引っ張った。

「何やってんの？　肉食の人面魚たちがいるんだよ。あそこに入ったら何分もしないうちに骨しか残らないよ。骨でも残りゃラッキーだな」

そんなものがいるなんて全然知らなかった。

「あんまり知られていない地球ランド情報の一つだよ。天使の前、ネコニンゲンの前、朝顔姉貴の前、人形たちの前に最初に作ったモデルなんだ。もう一度言うけど、生命は海から始まるんだからね」

「危険な魚なんですか？」

「うん。**デザイナー**がもともと作りたかったのは人魚なんだけど、失敗にしたってここまでの失敗があるもんか」

「肉食ってことは……いったい何を食べてるんですか？　ここには何もないじゃないですか。人面魚がいることを知ってる人は絶対入らないだろうし」

「事故で観光客が何人か落ちたことがあったし、**デザイナー**がえさをやってるんだろうね」

いったいどういうえさをやったんだろ？　合成食品はバレルで輸入されると聞いている。広告を作るとき、もしかして撮影するものがあるかと思って、またはすきを見て脱出できないかと思って宇宙港の付属倉庫に行ってみた。あそこには人面魚のえさになりそうなものはなかった……。頭の中がむずむずしてくる。

「何のプライドもないのか、**デザイナー**をあんなにかばって」

「ここじゃ誰も**デザイナー**を好いてないでしょ。どうして人面魚だけは**デザイナー**をかばうんでしょう？」

「そういうふうに作られてるんだろうねえ。人面魚は**デザイナー**を崇拝してるの。ここにいるうちで唯一、**デザイナー**をお父さんと呼んでて、四時間に一回宗教儀式をやるんだから。もうすぐ歌が始まるよ」

私とネコニンゲンは座り込んで、人面魚たちが立ち泳ぎをしながら水面上に唇を突き出すのを見た。ぶくぶく浮かんだ汚い泡の間に気持ち悪い色の唇が浮かび、はっきりしない発音で賛美歌に似たものを歌った。天使が悪夢を見そうな歌だった。

ネコニンゲンがこぶしほどあるソフトカプセルを何個か取り出し、水中に投げた。

「何ですか?」

「神経毒」

「何ですって? そんなもの水に入れたらどうなると思ってるんです?」

ネコニンゲンは平気だった。

「気絶するぐらいにしておくんだよ。それと、あの水の中では人面魚以外、プランクトン一匹生きてないから。何時間かあれば毒は全部フィルターが取り除いてくれるからね。この惑星のすべてが偽物なんだ。あんまり気にしないで」

「いったい、こういうこと全部いつから計画してたんですか?」

返事は聞けなかった。ネコニンゲンと七人の子供たちが網を使って、気絶した人面魚たちを水タンクに移した。

「もしもつかまえそこねちゃったら?」

「うん、万一のために……」

ネコニンゲンが合図をすると、二人の子供が走っていって発電機と電線を持って戻ってきた。水の中に電流を通すと、人面魚が一、二匹、腹を見せて浮かんできた。吐き気がしたが、それとはまた別に、子供たちがあまりに整然と秩序正しくお手伝いするのが気になった。背丈が似たりよったりのこの子たちは、ジャングルのどこでどうやって生まれたのか? 聞けないこと、聞いたところで答えが返ってきそうにないことがいっぱいあった。ネコニンゲンを信じていいのか、同行を選んだためにすべてがさらに悪化したのではないかと気をもみながら、黒い水面を見おろして立っているしかなかった。私たちが渡れるぐらいまで神経毒が中和される時間を見計らいながら待った。

「これならもうほんとに渡っても大丈夫。天使を起こして」

「いいえ、私が抱いていきますから」

私は天使の足をその水に浸けさせたくなかった。だから毛布にくるんで天使を抱き、荷物用のベルトで私の体にくくりつけた。水温が妙に高い。匂うだろうと思ったがそれはなく、もっと人工的だった。灯台は思ったより遠かった。まだ目を覚まさないでね、こんなひどい眺めは見なくていいよ……。その後何が迫ってくるのかはわからないまま、天使のこめかみにキスをして心の中でだけささやいた。

灯台の巨大な鉄門の前でパスワードが必要になったとき、初めて天使を起こした。ネコニンゲンは監視装置の死角に隠れた。天使と私だけが門の前に立った。腰の後ろに差したピストルが感じられた。遠くから飛んできてもまだずっしりと重く危険なこの武器。天使が片手で体を支え、もう一方の手でパスワードを入力した。

パスワードは「**アートディレクター**」だった。鈍い音を立てて門が開く。

灯台の上に上がるのだと思っていたが、階段は下にだけ向かっていた。いかれたデザインだ。私は天使の脇を支えてやって、らせん階段を降りていった。ゆっくり歩いても踏み外しそうにできている階段で、天使の翼が壁に擦れる音がした。ざらざらした、ちゃんと仕上げをしていない壁だった。

*

暗いアトリエに立った**デザイナー**はとても人間っぽく見え、同時に全然人間っぽくなかった。寒天とガラス繊維で人間の模型を作ろうとして失敗したみたいな感じだった。
「二人でここまで来たの？」

デザイナーが聞いた。

「はい、二人だけです。天使がすごく具合が悪いんです。ちょっと見ていただけませんか？」

人身売買の依頼者を間近で見ていると、かっと怒りが込み上げてこないでもなかったが、天使を助けることが優先だ。

「私のデザインに問題はない。その子は病気じゃないよ」

「でも、**デザイナー**様……」

「いや、これからは**アートディレクター**と呼びなさい。考えてみたんだけど、私は自分の仕事をちょっと狭く解釈しすぎていたと思うんだよ」

歯を食いしばって、**アートディレクター**様、と呼び直した。長くない社会人生活で、世の中には、どんな仕事でも誠実に、実力によって最後まで仕上げるデザイナーがいる反面、聞こえのいい呼び名だけをさっと持ってっちゃう詐欺師みたいなデザイナーも存在することを学んだが、地球ランドの**デザイナー**は典型的な後者だった。ふいに感情が込み上げてきて、地球のデザイナーたちに会いたくなった。

私の内面の動揺に気づかないのかどうでもいいのか、**デザイナー**がぎこちない足取りで天使に近づき、毛布を持ち上げた。近くで見ると**デザイナー**はあたりの光を変に反射したり透過したりしている。地球ランドでは多くのものに匂いがないが、**デザイナー**からはかすかにプールの水や塗り薬の匂いがした。着ている服は、どんなによく見てもホームショッピングで売ってる共同購入の死装束みたいだ。あんたは趣味が悪い、と叫びたかった。

「何だ、まだ三枚じゃないか。これぐらいでそんなに大げさに痛がるなんて。いい子だからお聞き、お前のためにデザインした翼は全部で九枚だよ。今からこんなことじゃ困るね。帰りなさい、してやれることは何もないんだから」

拒絶の言葉が終わる前に、私はピストルを抜いて**デザイナー**の頭の横に当てると撃針を引いた。

「翼が生えるのを止めなかったら撃ちますよ」

「どうしてそんな汚い武器を……こんな美しい星に」

その瞬間だけは鉄と木でできた重いピストルが宇宙でいちばん美しく見えたが、私は何も答えず、**デザイナー**をぐっと突いた。**デザイナー**はいらいらするほどのろのろと、アトリエだか実験室だかわからないその感じの悪い空間で、天使のために点滴薬を作った。完成した液体は濃度が高そうで、混ざりきっていない黄色いものが浮かんでいた。点滴薬を天使に打つ前に私は、もう一度**デザイナー**を脅さなければならなかった。

「天使が死んだらあなたも死にますよ」

デザイナーは虚勢かもしれない笑いとともに点滴をつなぎ、天使は短くうめいた。
「これからやることは、ちょっと見には暴力的に見えるかもしれない。だけど、スイッチを切るのと同じことだよ。これしか方法はないんだから、下手に撃たないでもらいたいな」
私にそう注意すると、**デザイナー**は電気のこぎりを取り出した。そして天使の三枚めの翼の根元をちょっと消毒したかと思うと、すぐにのこぎりの電源を入れた。顔をそむけたかったが、私が後ろを向いたら**デザイナー**が手を抜くと思ってそうはできなかった。私は今でも夜中の悪夢の中で、あのとき骨にのこぎりの歯が触れて立てていた音を聞く。最後に何かをバキバキッと折った。天使はその短くない時間の間、悲鳴を上げることさえできなかった。ショックで死んでしまうんじゃないかと思うと怖かった。
デザイナーは切り取った血まみれの翼を、何の価値もないもののように床に放り出した。
「残りの二枚も取ってやろうか？　だけどそうしたいなら、途中で回復期間が必要だ。止血の間、ここでちょっと休んでいきなさい。私は遠来のお客さんにここを案内して戻ってくるから」
デザイナーが天使の頬をたたいたが、私がその瞬間**デザイナー**を撃たずにいられたのはヒューマニティの勝利である。死んだ鳥みたいに床に落ちている翼を眺めていた私は、

「遠来のお客さん」とは自分のことだと若干遅れて気づいた。

「見物していく？　次のプロジェクトを？　完成前に見せてやることはないんだけど、君の意見が気になるんでね」

天使を置いて行きたくなかったが、天使と**デザイナー**が近くにいるのを見ているのはもっと嫌な感じだった。あごをしゃくって合図して、**デザイナー**を先に立たせて歩いていった。私の足音にネコニンゲンたちの足音が混じっている。一人じゃないということがそれなりに安心させてくれた。

「誰もこんなところに来たがらないですよ。どんなに気の触れた宇宙人でも」

ネコニンゲンたちの足音を隠すために、そして地球ランドに到着して以来ずっと感じてきたむかつきを表すために私はそう言った。

「それでも来るようにするのが、君の職業なんじゃないの？」

働いている状態と奴隷になった状態を区別できないのも**デザイナー**らしい。

「地球人は無能だ。その無能さが魅力でもあるけど……。そうだとしても、どうして天使が君を選んだのかわからないねえ。君は特に無能なのに」

「天使が私を選んだ、ですって？」

「地球にはテーマパークがいっぱいあるだろ。あの募集広告に惑わされて書類を送ってきた地球人が君だけだと思う？　その中から君を選んだんだよ、天使が自分で。やたらと私のことを趣味が悪いと言うけど、天使もなかなかのもんだよ」

天使が私を選んだ。

「ま、どうせ君は数合わせみたいなもんだから」

天使が私を選んだという言葉のせいで、その後の話は一つも聞こえなかった。

＊

階段を降りきって、**デザイナー**に案内された空間は、宇宙共通の「マッド・サイエンティストの実験室」を想像すれば思い浮かぶような場所だった。天使が打っていた点滴液よりちょっと薄い液体の中に、あらゆる動物たちが浸かっていた。私とそんなに変わらない身の上の、拉致された地球の動物たちが。私はすぐに彼らの間に共通点を発見した。

みんな角(つの)があった。

鹿、のろ鹿、トナカイ、牛、水牛、かもしか、山羊、きりん、ガゼル……。

まさかと思ってよろめき、テーブルの角をつかんで振り向くと、後ろのタンクではまだ角のない、五歳ぐらいに見える子供が眠っていた。

「どこか行って騒ぐんじゃないよ。君の契約書には秘密守秘義務の条項があるってことを忘れないように」

目を光らせて**デザイナー**が言葉を続け、私は眠っている子供から目が離せなかった。子供は息をしていなかったが、死んでいるというよりはまだ生まれていないように見えた。驚くほど天使に似ていた。子供が目を覚ましたら、額から巨大な奥歯が生えてきそうで、苦痛を訴えそうで、結局私はあっさり床に吐いてしまった。

「全然地球みたいじゃない……。地球はこんなに気持ち悪いところじゃない」

全部吐いたと思ったがもう一度吐き、二度めの痙攣がひどくて、あっと思った瞬間ピストルを落とした。

石綿で作った人形みたいだった**デザイナー**がものすごい速さで滑ってきて、ピストルが地面に触れる前にキャッチした。そして、すぐに暗い隅っこに向かって撃った。骨董品からひどく大きな音がした。

隠れていたネコニンゲンが悲鳴を上げた。悲鳴は続き、広がり、隠れろという指示となり、小さな足がせわしく動く音が聞こえた。**デザイナー**がやみくもに音のする方へピストルを構えた。

「できそこないのデザインは自分で削除しなくちゃね、製造者責任法というものがあるんだから」

負傷したネコニンゲンの方へ行こうとしていた六人めの子が誤って天井のパイプから転がり落ちた。私は**デザイナー**を止めようとしたが、もうピストルはぴったりと的に向けられていた。

ネコニンゲンは六人めの子の方へ這い、

残りの子供たちは息を飲み、

隠れられなかった六人めはむき出しのまま身動きもできず、

私は**デザイナー**のセラミックのように固い膝を空しくつかんだが、もう何ものも引き金を止めることができないと思ったとき、

私がよく知っている骨が**デザイナー**の体を貫いた。

鋭く白い、血管と神経が突き出してもつれた、ところどころから羽根が出はじめた骨が、軍刀のように胸を貫通していた。

床に捨てられていた三枚めの翼だった。天使がむこうの端を握っていた。階段を踏まずに飛んできたみたいに突然現れて、激しく息をしていた。**デザイナー**はもう断末魔の一言も口にすることなく、立った姿勢そのままで息絶えていた。ついぞ天使の方を振り向くこともできなかった。ピストルが地面に落ちるときに暴発したが、誰にも当たらなかった。

古い、粘っこい血がちょっと流れた。悪名高い宇宙犯罪者の血。その血はとても人間のものらしくもあり、全くそれらしくないようでもあった。

「ふー、やっぱり点滴の効果はだてじゃないですね」

やっと折れた翼を完全に投げ捨てて、天使が言った。

＊

朝顔姉貴とその種子たちは真っ先に地球ランドを離れた。子房が弾ける前に戻るという約束を守ることができてよかった。恒星の測光記録と土のサンプルをいろいろな惑星から寄贈されて、いちばん適合するところを選んだ。

ネコニンゲンと子供たちは治療を受けてからやっと出発することができた。デザイナーの死亡が確認された後、方々から支援したいという提案が来たが、天使は全部断り、医療支援だけを受け入れた。驚いたことにネコニンゲンのチームは地球に行くことにした。本物の地球に。

「行ったらまたかっこいいTシャツをいっぱい送ってやるから」

ネコニンゲンが天使を軽くハグした。二人とも体が触れると痛みを感じるので、用心深く、ドライに見える身振りで別れのあいさつをかわした。

「地球には飛び降りるのにぴったりのいいビルがいっぱいあるでしょうね」

私がそう言うと、ネコニンゲンが笑った。私はネコニンゲンの子供たちがばらばらに散って、地球になじんでいくことを願った。閉じ込められず、利用されず、危険にさらされないことを願った。それは地球でも同じくらい難しいことだろうけど。

地球ランドに二人だけで残ることになり、天使は毎日の業務が終わるたびに私に質問したそうな顔をしていたが何も聞かず、ある日とうとう心を決めたように尋ねた。

「地球に帰らないんですか？」

「まだ契約が切れてないじゃないですか」

私は苦もなくそう答えた。

「私のために無理してここにいる必要はないんですよ。帰りのチケットもとってあげるし。ここは一人でちゃんと後始末できますよ」

「何の後始末です？　今からがスタートなのに。すぐにパンフレット作らなくちゃ」

「パンフレットなんか作ったって、こんな気持ち悪いところに誰が来るっていうんです」

とまどいのせいか、絶望のせいか、天使の声は出会って以来最高の高音で震えていた。

「宇宙的な情緒ではどうかわからないけど、地球では悲劇の現場が名所になるんですよ。

宇宙と地球がちょっとでも似てるんなら……まあ見ててください。もうすぐどやどや押し寄せてくるから」

私は間違っていなかった。**デザイナー**の狂気、圧政の中で助け合う被害者たち、劇的な革命の日について書いたパンフレットを発送して間もなく……地球ランドの荒涼たる街を観光客が埋めた。彼らは食事クーポンをまずい料理と交換して歓声を上げ、壊れた人形たちと記念撮影をした。**デザイナー**が死んだ灯台は地球ランドのランドマークになった。

私たちは初の収入を精算し、惑星の反対側に海をもう一つ作った。観光客の安全のために水槽に入れておいた人面魚たちをそこに放してやることができた。人面魚たちとはまだ完全な和解はできていないが、いつか可能になるかもしれない。彼らに新しい歌を教えるために、ネコニンゲンから音響機器や音源をしこたま買った。何日か前にはＡＢＢＡ（アバ）の『I have a dream』を聞かせてやったが、「私は天使を信じる」(I believe in angel) という歌詞に人面魚たちは奇声を上げ、天使だけがくすくす笑った。天使が出てくる歌はポップソングにいっぱいありそうで、二人とも英語の実力は大したことないのでどんどん思いつくわけにはいかないけれども、そんなことでふくれてもいられない。天使が私を選んだことを知ってからすっかり自信がついた。

毎日、文字通り翼の下で眠り、夢の中でも地球が恋しくなることはない。天使は翼がないころより天使で、天使が私にくれる安心感は宇宙のすみずみまで探しても他の星では見つけられない種類のものだと信じられる。雇用契約はパートナー形態に更新した。私のためではなく、天使のために。

幸せだからと手を抜かず、まじめにパンフレットを発送している。地球ランドの発射台から、全宇宙を目指して広告が飛んでいく。甘ったるい色のカプセルに入って、暗黒物質を貫いて絶え間なく飛んでいくパンフレットが、いつかあなたのところへ届きますように。

地球ランドに天使に会いにいらっしゃい。

小さな
空色の錠剤

マウスが一度も迷わずに迷路を通過してえさのところに着いたときはもちろん、その様子が世界じゅうでニュースとして放映されたときも、興奮した人は多くなかった。編集の味気なさも手伝ったのかもしれないが、そういうマウスたちはそれまでにもいっぱいいたからだ。何年かのうちに奇跡の薬が出現するという大々的な報道の後ではいつも、商品化の話が噂にもならず下火になっていく。稀には多国籍の製薬会社が、その有利な立地条件が形なしになるほど大っぴらに、劇的に失敗することもあった。何度も失望してきた人々はパターンに慣れていった。そんなに簡単にいくはずがないとあきらめて、日々の苦痛に耐えたり、ついに耐えられなかったり。マウスが迷路を完璧に記憶したからといって、ものすごい速さで通過したからといって、認知症がもうすぐ完治すると言い切ったりしたら言った方が疑われる。

　実際に薬を開発したベルリン医科大学では、その薬を奇跡の薬と呼ぶつもりはなかった。その薬はすべての認知症患者のためのものではなかった。認知症全体の六十パーセント程度を占めるアルツハイマー患者にいくらか有効だろうと、淡々とした展望が示されただけである。以後、その薬によって起きたことについて、研究陣を代表していたドクター・ブラウ（Dr. Blau）は、四ページにわたって切々と遺憾の意を表明したが、かいつまんでいえば「そんなつもりで作った薬じゃない」の一言に尽きる。

　ブラウ博士の母親はアルツハイマー患者であり、博士が母親を観察して最初の着想を得たというのはよく知られた事実だ。ブラウ夫人は家の住所を覚えていることも、季節に合った服を着ることもできないほど病気が進行していたが、夫が死ぬと、夫の死に関してだけは一度も勘違いしなかった。しかも、夫婦仲がよかったわけでもなく、博士の父親は少々暴力的な性向が強い人だったにもかかわらず、母親は彼の死をショックとして受け止めた。その後一度も死んだのかと聞いたことはなかったし、どこか見えないところで生きているという幻覚に陥ったこともなかった。

　疲れていた家族たちにとって、それは十分に興味深いポイントだった。アルツハイマーでだめになった脳にそのショックが与えた影響を分析するには、かなり時間がかかった。海馬を中心とする脳内ネットワークに負担をかけないようにしながらショックを再現し、何であれ新しい情報を貯蔵できるようにするのが目標だった。アルツハイマーの完全な治療など望んでいなかった。ブラウ博士が望んだ結果ははっきりしており、具体的だった。

ブラウ博士はブレーンマッピングと人工脳設計の業績によってノーベル生理学・医学賞候補に上った有名な脳科学者であり医学者だったので、製薬会社では彼の名字にちなんで錠剤を青にした。赤ん坊の産着のような、優しい薄い空色だった。それほど大きな波及効果をもたらすとわかっていたら、最初の段階で別の色にしたかもしれないが、全く予想もできなかったから、その薬は「バイアグラ以後最も驚くべき青い錠剤」になった。実際、バイアグラも狭心症の治療のために作られたのに別の運命を担うことになったケースだから、とりわけ残念がるようなことでもなかったが。

ドイツ語で空色を「ヘルブラウ（hellblau）」ということ、ヘルは本来「明るい色」を意味するのに、多くの人が以後、英語式に地獄を思い浮かべたということぐらいは記憶されるべきだろう。薬の公式名称はＨＢＬ１２３８だった。あまり呼びやすい名前ではない。錠剤を半分に分けて上にはＨＢＬ、下には１２３８と刻まれていた。

＊

薬の効きめは明らかだった。丸くて平べったいこの小さな錠剤一個あれば、脳の海馬部分に致命的な損傷を負った人でも三時間ぐらいのことをはっきり覚えていられた。海馬は新しい経験を貯蔵し、長期記憶に転換させる役割の中心だが、アルツハイマー発症時に最も初期に損傷する場所である。さらに長期的な効果のためには幹細胞治療や微細電極の挿入という方面でも研究が続けられていたが、他ならぬ脳だけに、期待されたほど進展は速くなかった。

その上、施術や手術は基本的に危険が大きい上に費用がかさんでしまうが、投薬は相対的に危険が少なく簡便で、価格も安いというメリットがあった。HBL１２３８はきわめて好都合な三時間を提供してくれたため、患者の家族たちはこの錠剤を歓迎した。

「お母さん、私はお母さんの末の妹じゃないよ、お母さんの娘よ。私の顔、思い出してよ。うちの住所は××だよ。うちの電話番号は××で、私の電話番号は××よ。お母さんは三度三度ごはんを食べてるし、おなかがすいてはいないわよ」

「お手伝いさんにひどいこと言っちゃだめでしょ。その方はお金をとったりしていませんよ。他の人と勘違いしてるんですよ。指輪とか時計とかそういうものは、全部ちゃんと保管していますからね。デイケアに行くときにしていったらだめですよ。この前もそれでなくしちゃって、結局出てこなかったじゃないですか」

「お父さん、電気を節約するのはいいことですよ。いつも倹約してたもんねえ。でも、お願いだから冷蔵庫の電源だけは抜かないでくださいよ。食べものが溶けてだらだらになっちゃいますから。ガスも触らないでください。アイロンもね」

「うちには犬はいないんですよ。いくらドアを開けて探しても、犬を飼ってた家はここじゃないんです。犬もいないし、外に出ても畑はありませんよ。ここはあの村じゃないんですよ」

「お母さん、亡くなった人たちに電話はかけられません。いくらかけてくれって言われても、どうしようもないんですよ。まだ生きてる人たちの名前を私が言ってあげますからね」

「おばあちゃん、スニーカーソックスはもともとこういう短いデザインなんですよ。これ見るたびに、ハイソックスになるまで引っ張って伸ばしちゃったら困りますよ。いつも力がない、ないっておっしゃってるのに何でこんなに引っ張れるのかなあ。洗濯ものも私がたたみますから。まだ濡れてるものを取り込まないでください」

「毎朝、血圧の薬を飲まないって言っちゃだめですよ。飲まなくていい薬じゃないんです。毎日飲まなきゃいけない薬なんですよ」

「ドアを開けて出ていったらいけません。うちからお兄さんの家までずーっとまっすぐに行ける道なんかありませんよ。近所じゃなくて四時間かかるんですよ。お父さんの頭の中の地図は、ほんとの地図じゃないんです」

ほとんどの患者の家族たちは効率的な三時間を過ごした。単なる効率よりもっといいものを望むには疲れすぎていたためだ。切実に伝えなくてはならない情報があった。伝わればそれによって毎日毎日の苦労を多少なりとも軽減できる、そんなメッセージのことだ。まだ疲れていない家族たちだけが、ちょっと違うやり方でこの薬を使った。

「私たちは今、ハイキングに来てるんです。夜、一人で目が覚めて怖いとき、このハイキングのことを思い出してくださいね。ハイキングのこと考えながらまた眠ったらいいですよ。このお天気、この木陰、私たちの表情、一緒に歌った歌のこと、たびたび思い出してくださいね」

研究陣と製薬会社は世界じゅうで臨床試験を第四次試験まで進行させ、期待以上に満足できる結果を得た。錠剤をくり返し服用したときの効果については、投薬二年未満では有意な数値を得ることができたが、二年以後では得られなかった。対象者の脳が正常に機能する脳ではなかったためだ。光が消えていく速度はあまりに速かった。その速度を遅らせる究極の治療法が登場していない以上、どうすることもできなかったのだろう。関係者はこの空色の錠剤を、とりあえずはまずまずの業績であり、そして次の段階に行くための飛び石程度に考えただけだった。化学反応で脳をだます、その種のよくある錠剤の一つというわけだ。

＊

ＨＢＬ１２３８とはっきり刻まれた薬がヤミ市場で「試験に受かる薬」として取り引きされるようになるまでは、ほんの一瞬だった。熾烈な競争の行われている場所で、同時多発的に広まっていった。アイビーリーグで、東アジアの高校で、アフリカのロースクールで……。競争過多な環境、もしくは試験によってしか抜け出せないすべての劣悪な環境にある者たちがこの錠剤を飲みはじめた。そのうえアジアでは、顆粒（かりゅう）や液体に変えて漢方薬として流通することまであった。非常に速く広汎な流行で、制裁にも処罰にも衰える気配がなかった。

受験生たちは恐れる様子もなく認知症薬を飲み、三時間でありとあらゆる暗記科目をマスターした。認知症患者がじりじりと雑音の入るビデオレコーダーだとしたら、これらの若い元気な脳たちは８Ｋクラスの録画をやってのけた。一夜漬けの王者たちが現れた。しかも短期的な副作用は特に見つからなかったので、投薬は習慣化した。薬を飲んでいない生徒がバカ扱いされ、公平性の問題が表面化するのは当然のことだった。

教育政策の担当者たちはあわてて対策を研究したが、まともな対策が出てくる前に試験ボイコットのデモが起きた。行政能力のある国ほど迅速に正常化したが、ある国々では二年、長い場合は十年まで、教育課程がまともに機能しなかった。事実、この薬は主に記憶力を中心とする機能の向上をもたらし、他の認知能力には有意の影響を与えないことがすでに確認されていたが、暗記科目についてもそれ以外の科目についてもその結果は否定された。問題がだんだん不明瞭になっていったのは、ある原理を理解した最初の瞬間を完璧に覚えている生徒が増えたためである。その瞬間は快感とともに記憶された。

初期には単純な誤用が、次に処方箋偽造が続いた。治安のよくない地域では製薬会社の運送車両がトラックごと奪取されたこともある。製薬会社への非難が徐々に激しくなった。株価が暴落するほどだった。実際、多国籍製薬会社ほど憎まれやすい対象もちょっとない。なぜこんな事態を予見できなかったのかとか、あの企業には倫理感がないとか、何てずさんな管理をしてるんだとか……。

ベルリン医科大学が研究を九割方終えたらさっと割り込んで多少の収益を狙うだけのつもりだった製薬会社は、あわてふためいた。実際、誤用を予測するのは簡単なことではない。誤用とは常識の外で起きることだが、誤用という言葉が意味をなさないほど常識の範囲内より外の領域の方が広大だったので、非常に困難だった。しかも、国際的な犯罪者が結集した武装強盗団にやられたことを管理ミスと呼ぶのは、いくら製薬会社が目の上のたんこぶだとしても行きすぎの感があった。その混乱の中で会社があわてて策定した一次対策は、薬に検出表示用の色素を入れるというものだった。しばらくの間、重要な試験会場では尿検査が実施された。おしっこの色が青く変わった人は試験場に入れなかった。

しかし尿検査は効率的でも衛生的でもなかったので、すぐに表示用香料が使われるようになった。普通の香水やボディケア用品と重ならないよう、チコリの香りが採択された。さまざまな規模の試験会場で、チコリの香りを追って微量化学センサーが動員された。すべての学校にセンサーが普及するまでには時間がかかったが、その努力と費用は空しく無用の長物となった。そのころには受験生は、一夜漬けではないときも薬を飲んで勉強するようになっていたため、試験当日にはもう薬の成分はすべて体から抜けてしまって検出されなかったし、それよりもヤミの薬品製造所のようなところで検出表示薬を取り除いたコピー薬が生産されていたからだ。

その結果、世界じゅうで教育改革が施行された。すべての試験がオープンブックになった。試験は知識習得度の確認ではなく、思考過程と価値観を競う場に変貌した。そうでなくてはいけないとずっといわれてきたが、小指の爪の半分ほどの青い錠剤が教育改革の原動力になったとは、苦々しいことだった。討論学習やプロジェクト式の授業、多元的な学生選抜、総合的な評価のための論述及び口述試験、新しいフレキシブルな進学コースなどを設計していったので、初めのうちはキメラ状態だった。対策ができなかった低所得層の生徒たちの進学率は落ち、高所得層の子弟たちは意気揚々としていた。論述及び口述試験対策の先生たちは古代ギリシャ以降で最高の待遇を受けた。

問題はあったとしても、詰め込み教育や客観式試験には平等さがあったと人々は嘆いた。しばらくの間は多くの人が昔を懐かしんだが、やがてゆっくりと体質が変わっていった。公教育は一度ちゃんと死んで、蘇った。出生率が絶えず低下しているという事実がなかったら、この体質改善すら失敗していた確率が高い。がら空きになったと見えた教室から、学校は再生した。

後から振り返れば、十代後半から二十代半ばの人口が大規模な臨床実験の対象者になったも同然だったし、最も頻繁に誤用したのはとんでもない暗記量を要求されていた医大生で、誰もがこの食い止めようのない現象を日常として受け入れるようになった点で、本当に惨憺（さんたん）たる時期だった。

＊

ＨＢＬ１２３８が写真現像機器業界に打撃を与えるだろうとは誰も想像できなかった。業界のマーケティング担当者も同様で、データ分析はかなり遅れた。

そのため若い恋人たちはついに、高級な機器は買わず、二人のいちばん大切な瞬間に錠剤を飲むようになった。記念日を迎えたり、旅行に行ったり、とにかく二人で覚えておきたい日に一緒に不法薬物を飲むという行為は理にかなっていた。彼らは受験生のころにすでに錠剤を使ったことのある世代だった。

「ほんとにバカみたいだよね？　別に好きでもない科目の参考書の細かい図表まで覚えてるんだからね、うちらって。すぐ頭痛がするのは蛍光ペンで線を引きすぎたからだろうし。それに、一夜漬けの暗記で必死なときの教室の騒音とか、前の席の子の垢だらけの靴下とか、当番が捨て忘れたゴミ箱とか……思いっきり臭い教室なんかを永遠に忘れられないなんて。あの薬、飲むべきときを間違えたよね。大間違いだよ」

初恋の成就率はちょっと上がった。恋が冷めるのはたいてい、大切な瞬間を忘れてお互いをぞんざいに扱いだすせいだが、今やそれは忘れられない記憶によって維持されるようになった。初婚年齢がほんの少し早まり、離婚率もわずかながら低下した。よりによって薬を飲んだときに激しいけんかをするカップルもまた、少なくはなかったが。

「あのときのこと覚えてる?」といったせりふはあまり使われなくなった。覚えているとわかっているから。お互いの目を見るだけで、いつのことを再生しているのかわかったから。HBL1238は恋人たちの薬になり、性的な効果や幻覚効果は全くなかったにもかかわらず「Hell of a blow job」というあだ名をもらった。この意図的な誤記に対して、ブラウ博士は不快感を隠せなかった。ブラウ博士は住居をスイスに移した後だったが、ジュネーブの研究所の廊下を行き来しながら「違う、こんなはずじゃなかった」と一人言を言っているという噂が流れた。

一部の映画ファンもこの錠剤を飲んで映画を見るようになった。一人で上映館を貸し切りにしたりして、完璧な状況でブルーレイを鑑賞し、永遠に忘れなかった。好きな映画をいつでも頭の中で再生することができた。長い映画を見るときは二錠必要だった。

「死んでから地面の下でも思い出せそうだ。そんな気分だよ」

ある映画フリークはそう言った。

もちろん、シェアの問題があったので、写真と映像の業界はゆっくりと回復していった。

*

恋に役立つものは他の残忍なことにも使い道があるのがお決まりだ。製薬会社は、HBL１２３８のコピー製品が特によく見つかる地域を調査して、身の毛もよだつような結果に直面した。サウジアラビア、イエメン、イラク、リビア、シリア、トルコ、南スーダン、ブルンジ、ニジェール、チャド、カメルーン、中国、インド、パキスタン、インドネシア、キューバ、メキシコ、コロンビアで同時に行われた調査には長い時間は必要なかった。誰が見ても、あの錠剤が拷問に使われていることは明らかだったのだ。薬の特許権を守るための調査だったのだが、掘り下げてみるとあまりに大きな案件だったので、国連の人権理事会に引き渡された。

人類の拷問技術は醜悪だった二十世紀に頂点に達し、二十一世紀には足踏みしていたらしい。だが、独裁国家や紛争地域では、拷問禁止条約が暗黙のうちに破られており、前世紀生まれの拷問マスターや、彼らに師事した若い拷問技術者がふと新しいアイディアを思いついたのだ。人間の体は、とりあえず可能な限り苦痛を忘れるように設計されている。個人個人で偏差はあっても、基本的にはそうだ。その点が気に入らなかった拷問技術者は、こう考えた。同じ苦痛でも、忘れられないようにしたらどうなるか？　結果が、効果が、変わってくるのではないか？　その、便利だという薬を使ってみようか？　拷問をくり返してもくじけない、足を引きずりながらもさらに抵抗する者たちの回復機能を完全に打ち

チョン・セランの本

好評既刊

保健室のアン・ウニョン先生
斎藤真理子訳
1,600円+税

好評既刊

屋上で会いましょう
すんみ訳
1,600円+税

好評既刊

声をあげます
斎藤真理子訳
1,600円+税

シリーズ続刊予定　＊書名は変更する場合があります

シソンから
斎藤真理子訳

地球でハナだけ
すんみ訳

八重歯が見たい
すんみ訳

好評既刊
チョン・セラン作品

〈となりの国のものがたり 01〉
フィフティ・ピープル
斎藤真理子訳
2,200円+税

ⓒ목정욱

チョン・セラン
1984年ソウル生まれ。編集者として働いた後、2010年に雑誌『ファンタスティック』に「ドリーム、ドリーム、ドリーム」を発表してデビュー。13年『アンダー、サンダー、テンダー』(吉川凪訳、クオン)で第7回チャンビ長編小説賞、17年に『フィフティ・ピープル』(斎藤真理子訳、亜紀書房)で第50回韓国日報文学賞を受賞。純文学、SF、ファンタジー、ホラーなどジャンルを超えて多彩な作品を発表し、幅広い世代から愛され続けている。

砕いてしまうことは可能だろうか？　拷問技術者たちには普通の人間が持っている多くの資質が欠けていたが、実験精神だけはあり余っていた。

最も残酷な拷問が連続投薬とともに行われた。国連人権理事会が介入したとき、生き残った被害者はほとんどいなかった。最長連続投薬を受けた被害者は三十七日間の拷問を記憶していたという。拷問に打ち勝って救出され、戻ってきたが、体に残った記憶のために続くショックには勝てずに死んだ。

＊

交通事故の増加にもＨＢＬ１２３８が関与していた。夜遅い時間の高速道路での追突事故が増えたのだが、事故を誘発した運転手の死亡率が高かったので、初めのうちはその関連性がなかなか明らかにならなかった。少数の生存者が口を開いたときも、人々はすぐには気づかなかった。

「他のことを考えてたんです」

単調な高速道路の運転中に考えごとをしない者はめったにいないだろうが、この場合の「他のこと」とは、単純に考えが横道にそれることではなく、何らかの完璧な記憶のことだった。数年前から十数年も前までの記憶を頭の中で再生していて重大事故を起こしてしまった運転手を、誰も軽々しく非難はできなかった。いつであれ、この薬を服用した者たちはときどき自分の頭の中に閉じ込められる体験をしていたので、理解できた。何分間か完全に意識の手綱を手放してしまい、びくっとして正気に戻った経験について、五感を全部失ったみたいだったと証言する人も大勢いた。

現在性を圧倒するような記憶を貯蔵するには、人間の意識は亀裂だらけの貯水タンクみたいなものである。運転を含め、危険な作業中には記憶に没頭しないようにといわれていたが、そんなことが思い通りにできるのかどうか懐疑的といわざるをえなかった。小さいときに飲んだ、もういない人と一緒に飲んだ薬の効果は取り返しのつかないものになっていた。人々は記憶に監禁されるという不条理を味わっていた。幸い、ちょうど同じころに自動走行自動車が商品化されて運転手の代わりを務めた。

産業分野でも、アイディアとしてだけ存在していたオートマ設備や、勧告事項としてだけ存在していた安全装置が普及した。発電所や工場、油田、鉱山……それまで危険な、厳しい環境で人を入れ替えて維持されてきた場所が、もうやっていけなくなった。以前とは比較にならない大事故が続き、人の影響をより受けない機械システム化をこれ以上引き延ばせなくなったのだ。大幅黒字を出しているのに施設の改善に投資しなかった多くの企業は、やむをえず変革をスタートさせた。寿命をはるかに超えて使われていた機械がついに交換され、長いアームをうなだれたまま捨てられた。

ビルから飛び降りたり、溺れたり、火だるまになったり、建物を崩壊させたり、爆発を起こしたりした大勢の労働者が本当にＨＢＬ１２３８の服用者だったのか、またはありえないほど劣悪な労働条件が真の原因だったのかについては依然として意見が分かれている。設備投資の増加を口実に大量解雇を敢行した企業もなくはなかった。仕事をなくした人々はさらに記憶に溺れた。解雇された労働者のうち何人かが餓死して発見されたこともある。意地でハンストをしたのか、貧しくて飢え死にしたのか、単に記憶に浸って食べることを忘れたのか、はっきりはわからなかった。

＊

製薬会社の上海オフィスに問題の宅配が届いたのはそのころだった。職員が箱を開けたとき、初めは、研究室に届けるはずのものが間違って届いたのかと思った。保存溶液に浸っていたのは二十点あまりの海馬。そして「あなたたちのために人類が不幸になった」と要約できる声明書が同封されていた。容器ごとに、分離された海馬の本来の持ち主の写真と死亡原因が記載されたラベルが貼ってあり、その詳細な内容が世界じゅうで報道された。死亡原因は主に自殺であり、一時、HBL1238の誤った濫用との関連性が疑われていた難治性の脳疾患も何例か含まれていた。容赦ない非難とともに、HBL1238の全量廃棄と生産禁止を要求するその声明文にはさまざまな論理的飛躍が容易に見出せたが、以後、同調者たちは国境を越えて増えていった。

各国の新聞の一面には事件の報道とともに、大きな脳の構造図が載った。国ごとに違うイラスト、違う色で表された海馬が存在感を誇示していた。人々は改めて、自分の頭の中に入っているその器官の単純化されたフォルムをまじまじと見た。

「全然、馬みたいじゃないね」

*

犯罪捜査関係者たちはHBL1238を大いに歓迎した。完璧な証人たちが現れたためだ。

最初の事例はきちんと記録されている。ほとんど証拠が残っていない絞殺事件だった。解決不能と見られ、関係者がみな落胆していたが、一人の証人によって形勢が変わった。

犯行に使用されたロープを販売した金物店の主人の子が、犯人を記憶していたのだ。店内の監視カメラは帽子をかぶった犯人の姿をとらえただけだったが、正確な時間が記録されており、犯人がその店に入ってくる四十分前に証人が本を広げて勉強しながら薬を飲む姿も収めていた。休学中で弁理士試験の受験勉強をしていたこの証人は犯人の顔を一生覚えていることになったが、そのことは意に介さず冷静に陳述した。他の証拠は依然、不十分だったものの、確信を持つに至った検察と警察は容疑者の自白を取ることに成功した。

ＨＢＬ１２３８の登場前に比べ、正義感の強い目撃者がはるかに増えた。ときには被害者よりも長い間後遺症に苦しむこともあったため、彼らのための救済機関も設立された。

＊

エンターテイメント業界は空色の錠剤に最も早く接近し、最も早く捨てた部類に属する。彼らはそれよりずっと面白い薬をいっぱい知っていたので、ＨＢＬ１２３８なんて退屈だと思っていた。台本の暗記に困難を覚えていた少数の俳優たちだけがこの薬を飲みつづけた。名優や国民的俳優の中にも服用者がいるという噂は目新しくなかった。

それでも、ある中堅俳優が破格のストライキを宣言したことは驚くべき事件だった。その俳優は十代後半でモデルとしてデビューし、二十代半ばで「国民の恋人」と呼ばれ、大衆的なドラマと芸術映画を行き来しながら幅広い演技を見せてきた。台詞を読み込んで観客に伝達する能力が優れていたが、強いディスレクシアがあったため、プロンプターが読んでくれるのを聞いて暗記しなくてはならなかった。ストライキ宣言は、薬を服用しているという告白とともに発表された。

「どうしても必要で飲んでいるわけじゃないんです。でも、見たいときにいつでも台本を取り出して見ることもできないでしょ。プロンプターの方に常に待機していてもらうわけにもいきませんしね。大勢が一緒に働く場所ですから、効率を考えて、デビュー以来ずっとあの薬を飲んでいます」

人気トーク番組でその俳優が告白したとき人々は十分に理解したが、それがなぜストライキ宣言につながるのか、ただちに納得はできなかった。

「ですから、私はすべてを記憶しているわけなんです。私の胸の中にはいつ何時も、破裂しそうなほどの言葉が入っています。若いときの私がベストを尽くして演技した一行一行がですよ。忘れていない、忘れられない台詞たち……。でも、最近私に回ってくる役といったらひどいものです。いつも誰かのありきたりなお母さんか、悪意に満ちたお姑さんか、冷血な企業のトップの役が順ぐりに回ってくるだけなんですから。何の感情も情報としての価値もない退屈な言葉ばかり暗記するなんて、もうやってられないですよ。こんなの意味がないです。いっそ全部忘れてしまうことができれば、これからもやっていけるかもしれません。でも覚えているから、毎回厳しく点検せずにいられないんです。このままじゃだめですよ。私と同じ考えの俳優さんたちもいますしね」

撮影現場から、二世代にわたる俳優が消えていった。彼らがいなくなると、ただでさえ薄っぺらだった物語がもっとぺらぺらになった。出ていった俳優たちは小劇場を借りて、かつて彼らに与えられた、演技する価値のある演劇を再演していった。ストライキを始めた俳優は、どこで黙り、どこでしゃべり、どこで息継ぎするかまで正確に覚えていた。客席の観客たちは再びこの俳優と恋に落ちた。空間いっぱいに発散されるものすごいエネルギーに魅了された。

人々はそれまで女性俳優や中年、老年の俳優を弁解不能なほどお粗末に扱ってきたことに気づいた。ハプニングのようにして始まったストライキは力強く継続され、業界の人々はそれまでとっておいたシナリオを全部取り出して捨て、新しいものを書きはじめた。皮下脂肪が落ちて優雅に現れた顔の骨、複雑で立体的な感情を自由自在に表現する繊細で縦横無尽な動作、最高潮の技量に達した声帯にふさわしいものが書かれた。

春に始まったストライキが冬に終わると、俳優たちはしなやかなカーディガンを着こなして撮影現場に戻ってきた。

＊

学界では世代交代が盛んになった。どんな学問でも、前の世代の知識体系を体得して初めて次の成果を生み出せるわけだが、ＨＢＬ１２３８はその体得期間を短縮させた。十数年から数十年にもわたって既存の成果を学んでようやく自分の研究を提示できた過去から、新世代の学者たちは驚くほど一瞬で抜け出した。長い長い繭の時間はもう必要なくなったのだ。

例えば昆虫学者は、何万種もの標本を見分けられるようになるまでに平均十五年以上かけなくてはならなかったが、その期間が二年に圧縮された。天文学者は、頭の中に持っている季節ごとの大ざっぱな天球図を元に、望遠鏡を補助的に使って一個の星を見つけていたが、今では天球図を完璧に覚え込んだ指で示せばそこにすぐ探していた星がある。かつては大変な苦労とともに暗記されていた死語をやすやすと習得した言語学者たちは、口笛を吹くように古文書を読み、年代表を完全に把握した歴史学者は、新式の武器を割り当てられた兵士のように自信満々だった。

重鎮の学者たちが「こんなのは本物の学問ではない」と叫び、どんなに不快さを表してみせても、それは本物だった。学説をどんどん引っくり返していく若い学者たちはもともと優れた人たちだった。単にＨＢＬ１２３８という道具を最大限に活用したという点で前世代と区別されるだけである。学界が進む速度は何て速かったことか、それに追いつくためにも薬は必要だった。

＊

「その薬の唯一の副作用は、副作用がないということだった」

ブラウ博士が死ぬ前に最後に残した言葉だ。本当はクリスマスクッキーのスニッカー・ドゥードゥルが食べたいというのが最後の言葉だったが、弟子たちは右の言葉を最後の言葉と見なすことで合意した。

そしてブラウ博士は、最後まで間違っていた。副作用は現れた。現れるのが遅かっただけだ。薬が常用されていた時期から八十年あまり経った日、世紀が変わった後のことである。幼少年期の児童たちに、特異な様相の認知障害が見つかった。子供たちの頭の中で、根幹をなす情報がジェンガの棒のように飛び飛びに抜け落ちていた。まるで、情け容赦ない誰かの巨大で無遠慮な指が、小さな頭の中をほじくり返しているみたいだった。

何の異常もなかった子供たちが突然、自分の名前と家族と住所を完全に忘れて迷子になり、昨日と今日をつなぐことができなくなった。正確に何パーセントがこういった症状を見せるかに関する初期データはきわめて不正確だった。誰もが隠そうとしたためである。一パーセント未満とも、二十パーセントに達しているともいわれたが、最終的には、絶望的なことに四十パーセントに近づいていた。

教育改革の成功によって幸福な子供たちの時代が始まったと叫んでいた人々は、手ひどい挫折を味わって沈黙した。何か大事なこと忘れてない？　忘れてないって言ってごらん……。子供たちは絶えず問い詰められた。症状のない子供たちまでストレスで倒れた。安全のために子供たちに三時間に一錠ずつＨＢＬ１２３８を投与するしかなく、そのために流行遅れの寄宿学校が再び設立された。敏感でストレスに弱いだけだったのに、勘違いでそういう学校に送られた者も少なくなかった。

一時的・可変的な状況と信じたかったが、そうではなかった。その子たちはそのまま成長した。老人だけではなく、働き盛りの世代が認知障害に苦しむ社会が到来したのだ。人々はちゃんと機能しているように見えても、ある日重要なことを完全に忘れた。朝の食卓に知らない人を発見してじろじろ見た。どこに行くべきか忘れたまま午前中ずっと電車に乗ってぐるぐる回ったりした。誰かの手を握っていたような、放したような気持ちをどうすることもできずに立ちつくした。

ブラックユーモアの中でもいちばん濃いユーモアが出回ったが、とびとびの記憶しか持たない人たちはユーモアがよく理解できなかった。暗証番号は世の中から完全に消え、各種の生体情報を二重、三重に確認するしかなかった。生体情報の漏洩と悪用が絶えず問題を起こした。やむをえず、さまざまな免許試験の更新期間が年単位になり、社会的費用がかかりすぎて破産の危機に瀕した国家が一つ二つではない。政府は自らを巨大なクラウドサービスに変換した。強迫的に情報がバックアップされたが、人々は不安だった。不安になり、しかしずっとその不安の中で生きることはできないので、不安さえ忘れてしまう人が多かった。

ある人は、そのような事態はあの薬と直接の関連はないとも言った。記憶機能は、正常に使用されなかったために自然に退化したのだというわけだ。全然自然ではない説だったが、その言葉を信じる人たちもいた。一種の社会的精神障害だという意見もあったが、データが蓄積されてくると早々に根拠を失った。

HBL1238のせいだった。どう見てもあの薬のせいだった。脳が薬を渇望し、薬がもたらす加工されたショック状態から抜け出したくなくて、記憶の入力も出力もすっかりもつれてしまったのだ。遺伝子損傷がどのようにして、いつから起きたのか説明するにはもう少し時間がかかった。中毒と胎内吸収と突然変異の要因に関する仮説はなかなか打ち立てられず、混迷した。一千億個の神経細胞と百五十兆個のシナプスの間をさまよいながら、完璧で簡単明瞭な解を求めることは難しい。製薬会社が責任を否定するために払った努力と費用は途方もないものだったが、それをもってしても、既成事実化を何年か遅らせただけだった。

会社は非難を免れえなかったが、思いのほか、大損害は被らずにすんだ。HBL1238がパッチという形態に変身していたからだ。三時間に一度飲むのはとても面倒だったので、パッチは十二時間分から始まって一週間用まで売り出された。実際にパッチを必要としていた者たちよりはるかに大勢の人たちがパッチを使った。怖かったからだ。

製薬会社の他の部署は、体内移植形の補助記憶装置も開発した。神経を真似たニューロモーフィックコンピュータである。補助記憶装置は人々の首筋に白い蜘蛛のような傷跡を残した。初めのうちはみんなその跡を恥ずかしがっていたが、時間が経つとむしろ髪を短くカットして見えるようにした。人の信頼を得るために最も楽な方法だったからだ。アップグレードすると蜘蛛の足が増え、白く細長い花びらを持つ花のようにも、割れたガラスのようにも見えた。大多数の人はパッチを好んだが、一部の人は補助記憶装置をはじめとする身体改造をためらわないようになった。

人類は再び解決策を見出したと安堵する人たちもいたが、ほとんどの人は、まだ何かあるだろうというぼんやりした予感に苦しんでいた。それもそのはず、相変わらず地球のあちこちで人々は悲劇を忘れた。殺害現場ではすぐにパーティーが開かれ、大虐殺は一瞬にして正当化され、独裁者の子供たちが合法的に政権を継承した。全く同じスローガンを叫び、全く同じテロを行った。悲劇を忘れた時代の戦争とは、いうまでもなく残酷だった。人類の歴史は奈落の底に落ちた、まだしも価値があった部分もおしまいだと嘆く人と、悲惨さなど一グラムも感じない人が肩をぶつけ合って同じ道を歩いていた。忘れない人たちと、忘れてしまった人たちはお互いを信じなかった。

「だけど、前はこうじゃなかったんですか？　あの小さな錠剤が出てくる前には？　ひどいことがなかったって、言えますか？　そのときもみんな、こういう残酷なことを全部忘れたんじゃないですか？」

パッチで赤くなった肩の四角い跡をかきながら、ドライな顔でそう尋ねる人たちももちろんいた。その観点から見ればＨＢＬ１２３８も、その副作用も、単なる些末な偶然にすぎない。それ以前にも巨大な会社が世界を支配すると同時にめちゃくちゃにし、そのつど解決策ではなく弥縫策（びほうさく）を選び、人々は時代の流れを示す太い矢印の上に座って不幸の原因を直視しなかった。苦しみながら、もっと苦しくさせる液体を、個体を、気体を飲み込んだ。

小さな空色の錠剤はすべてを変えてしまい、同時に、何も変えることができなかった。

声をあげます

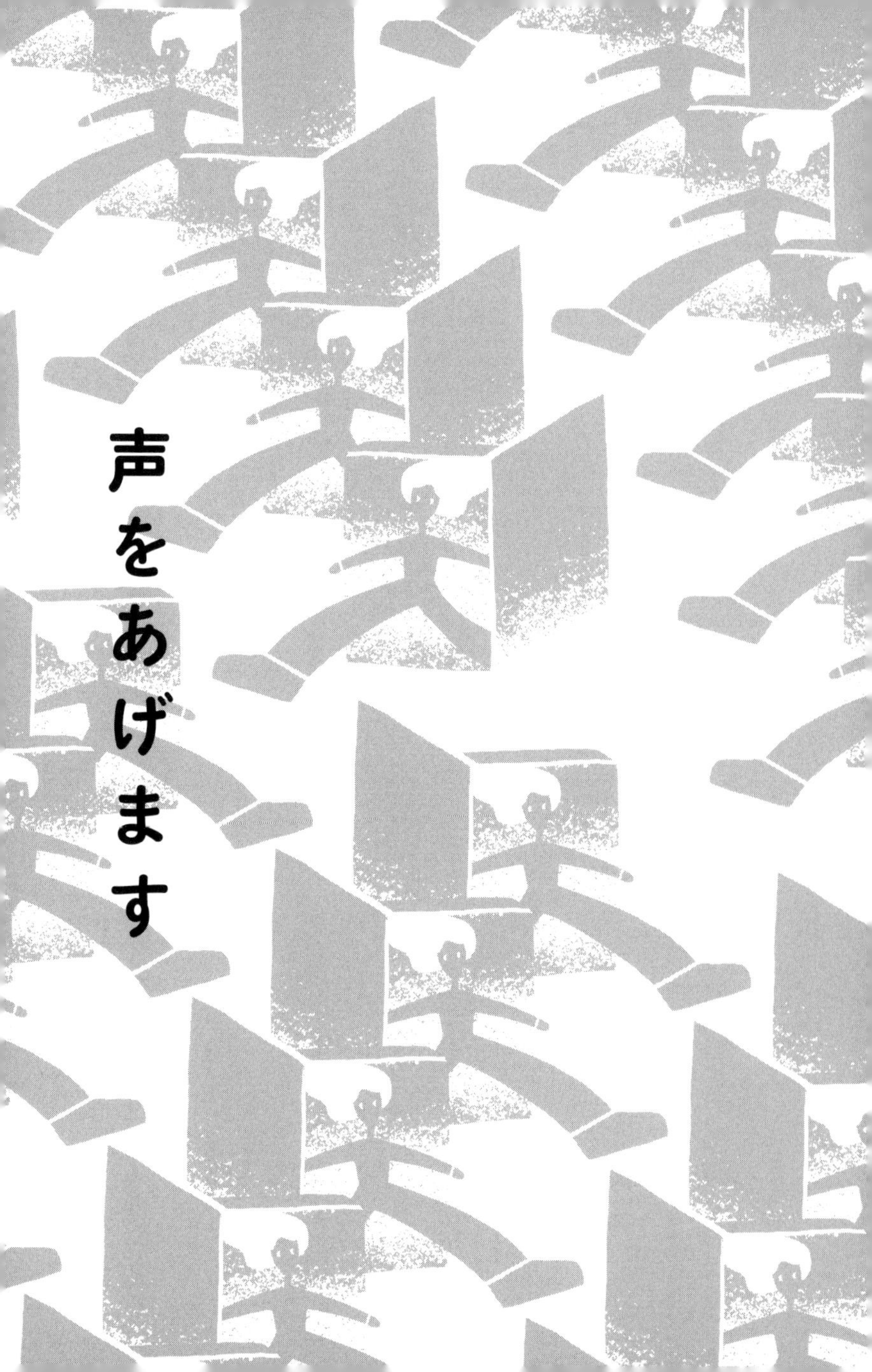

ヨ・スンギュン（三十四歳、ソウル出身、英語教師）は収容所での初日を覚えていない。麻酔に敏感な体質なのに、政府がその点を全く考慮してくれなかったからだ。スンギュンは平均値の二倍もの時間、意識を失っていた。

収容所での二日めを迎えてやっと、がちがちにこわばった首を揉みながら所長との面接に臨むことができた。

「先生も私どもの立場は十分に理解してくださっていることと信じますが……」

所長は背が低く、目だけで笑うのが印象的な五十代の男性だった。小柄で、すっきりした身なりだったが、どこから来るのかわからない威圧的な雰囲気を放っていた。小さな折りたたみナイフのように危険な男じゃないかなと、スンギュンは麻酔が十分に覚めていない頭で考えた。麻酔後遺症は二日酔いそっくりだった。

「私がどうしてこんな目に遭わなくてはならないのか、まるでわかりません」

ぼんやりとした疑念はあったが、それを口に出して言ったら本当に危険なことになりそうで、何としてでもしらをきり通したかった。

「現在、先生の教え子のうち何と十六名までが殺人者になっているという事実を否定なさるおつもりですか?」

所長の目つきが鋭くなった。スンギュンは座り心地の悪い椅子の上でびくっとしてしまった。

何かまずいことをしたのかなと、かすかにそんな気がしてはいた。非正規雇用で二年、正教諭になって四年めだったが、受け持った生徒たちの消息には常にびくびくしていた。十六名という具体的な数字までは知らなかったが、スンギュンにも伝わってくる噂はあった。最初は、卒業生が軍隊で事故を起こしたというものだった。

「あいつ、大人しくて静かな性格だったのに、何で?」

「そういうのほど、変になったときに歯止めがきかないじゃないですか。教育係を撃ったんですってよ」

知らせを伝えてくれた、同じ学年だった卒業生が顔をしかめた。

「暴力的な傾向なんか全然なかったのにな、おかしな話だ」

以前よりましになったとはいえ軍隊はひどい場所だからな、人が変わることもありうる……。苦々しい思いだったが、さほど深く気に留めてはいなかった。世の中はめちゃくちゃで、教師にできることには限界がある。市民を養成して送り出し、市民として機能することを願うしか。

その次は、合宿に行って同期の学生を谷に突き落とした子、飲み屋で言い争いになり、ビールびんを割って相手を刺した子、飲酒運転でひき逃げした子、性行為の途中で相手の首を締めて殺した子、放火殺人をやった子、集団自殺グループを作り、他の人たちが死ぬのを放ったらかして一人で逃げ出した子、人を地下室に閉じ込めて拷問した子、誘拐殺人をやった子、地下鉄のコインロッカーに爆弾をしかけた子、点滴薬に毒物を入れる方法で病院一つを閉鎖に追い込んだ子、工事現場でのバイト中に歩行者の頭の上に大型電気ドリルを落とした子、焼肉屋でお客とけんかになり、怒りのあまり金串をつかんで相手を刺した子……。

卒業生たちの消息を思い返すと眠れず、薬を処方してもらって何とか耐えていたが、やがて在校生が事件を起こすようになった。集団乱闘が起きて死亡者が出た。開校以来初めてのことである。しかも事件が起きたのは授業中で、教師が止める前に、尖った学用品やとっさに割った清掃用具でお互いを刺したというのだった。リノリウムの床からは長いこと血の跡が消えなかった。目撃者たちはしばらくカウンセリングを受けた。無為無策だった教師が懲戒処分を受けたことはもちろんだ。

　スンギュンが女子高校に移ったのは、胃壁に炎症ができそうだという直感のためだった。何かがひどく間違っているみたいで、夜中にむかむかして眠れない。まるで、人類がどんなに凶悪な種であるかを彼に個人的に教えるために、誰かが世の中を動かしているみたいだった。すごく情熱的な教師ではなかったが、生徒たちへの愛情がなくはなかったのに、教壇に立つとどこを見たらいいのかわからないほどになってしまった。何か手を打たないわけにいかず、女子校に移った。しかし、女子校に行けばそういうことがなくなると思ったのは間違いで、女子だからといって人を殺せないわけではない。

「統計的に見てありえない状況だとは思ってましたが、とにかく、私がそれに影響を及ぼしたことはないですよ。その子たちが全員私の受け持ちだったわけでもありません」

　スンギュンの弱々しい抗議に、所長がまた目だけで笑った。

「先生の声のためだったのですよ」

「私の声ですって?」

「その生徒たちはみんな、先生のクラスかどうかは別として、先生の声を六か月以上聞いていました。授業は担当されてたじゃないですか」

「あの子たちを担当した教師は私一人ではないはずですが？」

「うちの機関員たちがずっと潜伏調査して割り出した結果なんです。先生の声をサンプルとして、国立機関で実験も行いました。暴力的な因子を持つ者たちに聞かせてやると、一種の覚醒効果を発揮するんですよ。特殊な周波数を持っているわけでもないのに、なぜか先生の声は殺人者を目覚めさせるんです。先生の顔でも匂いでもなく、まさにその声がです」

匂い？　匂いも採集したことがあるのか？　めんくらって、重要ではない情報にしばし気をとられてしまった。

「それが……事実だとしても、私が意図したことでは決してありません。何の悪意もなく平凡に生きてきた人間をこんなところに閉じ込めるんですか？　民主国家において、何てことをするんです？　いったい、ここはどこなんですか？」

「申し上げることはできません。そして私どもは、先生を閉じ込めておくつもりはないんです。適切なところで妥協してもらえれば、すぐに解放してさしあげられますよ」

「妥協ですって？」

「声帯除去手術を受けてください」

スンギュンはショックを受けた。所長の信じがたい説明が真実に近そうだとは思っていたが、一見合理的な提案とはいえ、言葉を失わずにいられない。

「でも、私は教職についています。そうなったら……」

「最大限の年金を支給します。そして、しゃべる必要のない他の仕事も探してさしあげますよ。まあ、すぐに決定する必要はありません。何日かよく考えてみてください」

「もしも私が最後まで除去手術を受けなかったら、どうなるんでしょう?」

「先生は今、海外で長期研修を受けていることになっています。もしも除去手術を受けないと決定なさった場合は、研修中に事故で死亡したという通知が家族の方々に行き、先生はここにずっといらっしゃることになります。その場合も先生の便宜を図るべくベストを尽くしますが、何とぞ慎重な選択をお願いしますよ」

*

スンギュンはこの収容所がどこにあるのか、全く見当がつかなかった。収容所の塀はそれほど高くもないが、何一つ見えるものがない。小枝の一本すら視界に入らず、腐った牛乳みたいな空が見えるだけだ。平地なのか山の上なのかもわからなかった。海の匂いがしないのをみると、島でないことは確かだ。収容所内部にも特定できる要素がなく、閉鎖的な医療施設みたいな眺めだ。規模もそれほど大きくなく、外から見れば収容所とは思えないだろう。適当に建てた企業の研修センター程度に見えそうな建物だった。

食事は思ったより悪くない。イワン・デニーソヴィチみたいに、キャベツ入りの魚のスープに命を賭けなければならないような境遇を想像していたが、そうではなかった。世紀が変わったとはいえ、そのような国はまだかなり残っているはずだが、大韓民国はけっこうまともな国なんだなとスンギュンは感心した。最近かなり改良された学校給食よりも食事の質は高かった。昨日のスープが味を変えて翌日も出てくる式ではなく、毎日違う、栄養バランスのとれたメニューが出てくる。収容人数が少ないので材料も高級なものを使っているらしく、量も十分だった。

いい国だなあ……。食事を終えるとよく、そんな一人言が出てきた。何はともあれ十六名の殺人者を覚醒させ、その十六名が三十名に近い犠牲者を出したことには間接的な責任があるのに、すぐに殺さずあれこれと選択肢を与えてくれた事実からして、ひそかに感涙がこぼれるほどだ。

名前こそ収容所だが、人の気配もないし暇な場所だった。強制労働などはなく、収容者はそれぞれの空間で自由に生活しているので、そうそう顔を合わせることもない。そのため、他の収容者たちになじむまでにはちょっと時間がかかった。

スンギュンに最初に声をかけてきたのは、ヘア・アジテーターのチョン・ハミン（二十歳、大田出身、無職）だった。

「何で所長が女先生、女先生って言うんだろうと思ったら、名字が呂だったんですね！期待して損しちゃった。兄貴はどうしてここに来たんですか？」

一目でかなり社交的だとわかる人物だった。スンギュンはぽつりぽつりと、収容所に来た理由を説明した。

「兄貴は声帯か……。僕は、髪の毛と体毛を全部レーザーで除去したら出られるって言われてるんです」

ハミンは大田近郊で大学入試の受験勉強をしている浪人生だったという。浪人とはいうものの、さほど熱心に勉強していたわけではなさそうだ。そんなハミンが唯一情熱を持っていたのはアマチュア天体観測で、安くて粗雑なものだが天体望遠鏡も一つ持っていたらしい。

「住んでたのが商店街だったもんですからね。そういうところだと、星やら何やら見えないでしょ、光害のせいで。望遠鏡を持ってしばらく畑の真ん中に歩いていくと僕だけのスポットがあったんだけど……そこに街灯が新設されたんですよ。もう、ショックでねえ。もちろんみんなが便利になるから建てたんでしょうけど、何だってあんな明るすぎるのを設置したんだか」

ハミンは一か月ぐらい、その憎たらしい街灯がバッとなくなって元通りになったらいいのにと思いながら歩き回っていた。その思いは髪の毛と一緒に道のあちこちに落ち、道行く人たちは街灯への強い反感を、まるで自分の感情であるかのように受容していった。思いはある瞬間、過激な方法で行動に移された。ある人は石を投げ、ある人は電線を切り、ある人はトラックで街灯をぶち壊した。何日かの間に半径五キロ以内の街灯がすべて破壊された。甚しくは、信号の一部まで。

「街灯でよかったですよね。だってねえ、僕があの町の犬や猫が全部消えることを願ってたらどうなってたと思います？　または高齢者とか外国人とか、とにかく特定の人たちを嫌ってたら……恐ろしいことになった可能性もあるじゃないですか？」

危険な能力を持っているわりに価値観が健全そうなハミンは、それを思うとまだ背筋がぞっとするらしかった。

「そうなる前もいろいろ思うところはあったでしょう。こういう能力があることは全然知らなかったんですか？」

知らなかったのはスンギュンも同じだが、とても変な感じがした。

「あ、ご存じないんですね？　機関員が教えてくれたんですが、僕たちみたいな人間が頭角を表すのは十八歳の誕生日を過ぎてからなんですって。不思議でしょ？　昔の人は何か知ってたんでしょうね。成年の儀式みたいなのも、それでやったんじゃないですかね」

「髪の毛だったら……かつらをかぶればいいんじゃないですか？　最近は、眉毛タトゥーとかも一本一本描いてくれるっていうし」

「何言ってるんです？　髪の毛がどんだけ大事か」

「自由よりもですか？」

　スンギュンは思わず、自分に聞きたいことをハミンに聞いていた。

「適当なときにレーザー施術を受ければ兵役も免除だし、国立大学の学位までくれて解放してくれるっていうんだから……。いつか受けることは受けますよ。でも何年かは、こうやって楽に暮らしたいんです。家族には、大学に入るとすぐに交換留学に行ったことにしてます。そんな大学あるわけないのにね。家族がちゃんと調べない人たちで、ラッキーでしょ？」

「何も疑ってないんですか？　誰も？」

「機関員が、外国にいる僕の写真をイケてる感じに合成して、方々に送ってくれてるんですよ。画像加工って思ったより大したもんですね」

　のんびりしたハミンの雰囲気がいつの間にかスンギュンにも伝染した。とりあえず気楽に過ごしてもいいんじゃないかと思えてきた。

*

ハミンの次に会ったのは古株のスーパー保菌者（キャリア）、キム・ギョンモ（六十三歳、浦項（ポハン）出身、自営業者）だった。

「おーやおや、若い方がいらっしゃいましたな」

もう話は聞いているんだろうと思うとちょっと嫌な感じがしたのは事実だが、スンギュンはすぐにギョンモが差し出した手を強く握りしめて上下に振った。

ギョンモは、自分は発症しないのだが、ありとあらゆるウイルスや細菌を他人にうつすのだという。しかも最大級に致命的な形で。ギョンモは初めのうち、身近な人たちが病気になって死んでいくのを信じがたい不運と思っていたが、不運ではすまないことが起きていると気づいた後、自分から政府機関に連絡を取った。当時はシステムらしいシステムがほとんどできていなかったので、ギョンモのように自ら名乗り出てきた人々が公務員たちと一緒に青写真を作ったのだという。スンギュンも他の収容者たちも、ある意味ではギョンモが作った収容所で暮らしているのだった。

自分から監禁を望んだ人、親しい人たちをすべて失った人特有の雰囲気がギョンモにはあった。じっとしていても動いていても重い空気の中にいるように感じられた。重い空気……それはギョンモが全然欲しくなかった能力と釣り合っていた。

「怪物どうしでは何も伝染しないんですよ」

緊張しているスンギュンに、ギョンモがさらにたたみかけた。スンギュンは怪物という言葉にびくっとした。

「それと、ちゃんと研究されたことはないですが、今までに肺がんで死んだ人もいないんです。私にしても、こんなに思いっきり吸ってても肺はきれいなんですよ」

収容所に入る前は煙もうもうのビリヤード場を経営していたというギョンモは、口にくわえていたタバコをハミンに渡し、ハミンがそれをまたスンギュンに渡した。一種の通過儀礼みたいなもんだな、と用心深く受け取って一、二回ふかした。非喫煙者なのがばれないかと思うと変に萎縮してしまう。ギョンモはその様子を黙って見守ってから、また自分の部屋に引きこもった。

「だけど理解できないなあ。あの人がスーパーキャリアなら、どうして所長や他の管理スタッフが感染したり、死んだりしないんですか？　僕やハミンさんの能力にも影響を受けてないみたいだし」

スンギュンが混乱した様子でハミンに聞くと、たかが何か月か早く入所しただけのハミンが得意そうに教えてくれた。

「あの人たちが、一目人だからですよ」

「……みんな、目は二個あるけど？」

「いえ、一つのことだけを見るっていう意味で、一目人っていうんですよ。特別な能力があるわけではないけど、一個だけ望みをかなえてやれば手段を選ばず何でもやる人たちなんです。僕らと少し系統は違うけど、怪物だという点では同じですよね。怪物どうしの間には抗体みたいなのがあるんですよ。僕らが外でどんなに変なことを引き起こしたにせよ、あの人たちには全然影響しないんです」

一目人はたった一つの要素にのみ反応する、非常に一貫した目的意識を持つ者たちで、スンギュンの見立てとは異なり、金、権力、名誉といったありがちなものには反応しないらしい。ハミンがそれまでに会った一目人は、特定モデルの潜水艦、絶滅の危機に瀕しているシダ類、十七世紀の古家具の蝶番、役に立たないが手に入れるには複雑な工程が必要な稀少金属など、ちょっと突拍子もないものに執着するのだという。

「だけどそれは下級の看守の話で、所長の一目が何なのかは誰も知らないんです。この界隈のトップシークレットなんでしょうね。囲碁仲間のギョンモおじさんなら知ってるかもしれないけど」

ハミンは面白そうにそう言った。面白がっていられるような状況ではないが、面白いことは面白い。スンギュンは、自分にもそんな対象があったらもっと頑張れただろうか、もっと意欲をもってたくましく生きられただろうかと想像してみたが、うまくいかなかった。

「一目人はだいたい早いうちに選別されて、ここみたいな隠れた場所で働く公務員になるんだそうです。一目が変なものだった場合、個人では限界のある部分を政府が助けてやって働かせるんでしょうね。能率のよさではかなう者がいないっていうから、お互い様ですよね、どこかへ行って微妙な話を広めたりすることもないらしいですよ……。その手の話が漏れるのは困りますもんね」

「一つの目的のためだけに生きるなんて憂鬱じゃないのかな?」

「必ずしもそうでもないみたいですよ。偉人はみんな一目人だったたって主張もしてましたから。ものすごくプライドがあるみたいです」

その言葉に、ふと彼女のことを思い出した。あなたは何でそんなに自分の人生に対して全然プライドがないの？　と冷たい声で聞かれたっけ。拉致されてここに来る前から冷戦状態だったのだが、どうしたらいいのか見当もつかなかった。

＊

仲良くなるのにいちばん苦労した収容者は、まだ幼いグール（ghoul）だった。

「プール？　ボール？」

「違いますよ、グールですよ」

「何のゴール？」

「そうじゃなくてー、スポーツ関係じゃなくてー、死体を掘り出して食べるグール！」

スンギュンは、正式に紹介される前にも、ちょっと離れたところからこの髪の長い子供を目撃したことが何度もあった。だいたいいつも小さな庭用スコップを持って庭仕事をしている。まさか同じ立場だとは思いもよらず、どうしてここに子供がいるのか気になっていたところだった。食事の時間にも一度も顔を合わせたことがなかったので、何か例外的な理由で収容所内部に住んでいる看守の家族なんだろうと思っていた。グールの食習慣を理解して初めて、すべての情報がぴったり合った。

イ・スヒョン（十歳、原州(ウォンジュ)出身、未分類生物）はスンギュンをまっすぐに見なかった。それがスヒョンの性格なのか、グールの特性なのかは判断がつかない。せいぜい六、七歳ぐらいに見えるが、十歳だというので驚いた。これが育ちきった状態で、それ以上は背が伸びないという。

「もともとは土を深く掘って移動するから、体が大きくなってもあんまりいいことないんです」

水に濡れていなくても湿って見える、すっかりもつれた髪の毛の、小さなとんがった歯が二列になっている、背中の曲がったスヒョンがそう言った。遠くから見ると普通の子供みたいだが、近くで見たら見間違えることは絶対ないだろうと思えた。とりあえず、歯だけでもゆうに八十本はありそうに見える。

グールたちが初めて人間と接点を持ったのは中東地域であることが知られている。以後、アラビア商人たちの活発な移動とともに全世界に広がり、朝鮮半島には統一新羅後期から高麗初期に定着したという。グールは狭くて人目につきやすい朝鮮半島で生き残るためにさまざまな方法を考察してきたが、スヒョンの両親の世代ぐらいから、どんな潜伏方法よりも住民登録証の獲得が生存率を高めると気づいていた。歯が生えていない状態のグールの乳児は普通の赤ちゃんと大きな違いはないように見えるので、たやすく大韓民国市民になることができ、そのおかげで前の時代のように目につくと片っ端から殺害されることも減った。システム上に登録されている市民を殺したら、墓場の未分類生物を殺すよりはるかに面倒なことになるからだ。

「だって、私たちが人を殺すとでも？　もう死んだのを食べてるのに、それがどうだっていうんですか。バクテリアが食べるか私たちが食べるかの違いなのに？　この中で私がいちばん危険じゃないと思いますよ？」

スヒョンは収容所生活にあまり満足しているようではなかった。だが、土葬より火葬が大衆化して墓にはほんの一かけの肉もなく骨ばっかりだから、無駄に危険を冒すのが嫌で収容所にとどまっているのだそうだ。収容じゃなくて保護されてるんだと、よくわからない主張を展開することもあった。

政府はさらに粋な計らいとして、研究用に寄贈された合法的な死体をスヒョンに供給してくれていた。スヒョンは庭に身体のいろいろな部位を埋めておき、熟成させて食べるのだそうで、部位ごとに異なるその熟成期間について話したがっていたが、スンギュンにとってはあまり知りたい情報ではない。思わぬ事故で死んだりしたら、スヒョンのごはんになるんじゃないかと疑ってしまう。そんな疑念を解消してくれる人もいなかった。

頭の中の気まずい思いの数々とは別に、スンギュンはスヒョンが気の毒になってきた。スヒョンはほとんど寝ないのか、昼も夜も収容所のすみで土をじゃりじゃり掘り返していた。伝統的なグールの食事時間は深夜だったので、一緒にごはんを食べてくれる人もいない。必ずしも時間の問題だけではなかったが……。まだ十歳なのに一人でごはんを食べ、同年代の友達もなく過ごすのは寂しいはずだ。

まさか、他のグールはどこにいるの、とは聞けなかった。

*

スンギュンは収容所に長居するつもりではなかった。悩んではみたものの、他に選択肢があるわけでもなく、結局は声帯除去手術を受けることになるだろうと思ったのだ。単に何か月か猶予期間を持とうと思っただけで、共同体のために犠牲になるんだから有給休暇ぐらい楽しむべきじゃないか、といった自暴自棄な状態に近かった。

月給はそのまま出ていたし、生活空間は快適だった。インターネットを自分で使えないのが辛いだけだ。初めの何日間かは手がぶるぶる震えるほどだった。メールやメッセンジャーの返事は、スンギュンが言う通りに担当の看守が入力して送った。連絡はそんなにしょっちゅう来るわけではない。ウェブトゥーン、ウェブ小説、ウェブドラマはスクロールとクリックを代わりにやってくれる看守と一緒に見なくてはならない。検閲しているわけではないが、どんな方法にしろ、スンギュンが機器によって外部と連絡を取るのではないかと見張っているらしい。

無表情に横に座っているー日人がもしやうんざりしているのではないか、さらにスンギュンの趣味をあざ笑っているのではないかと気になったが、退屈するよりはましだった。ネットショッピングも同様だ。大画面にウィンドウを出して言葉で頼めば、代わりにクリックしてくれる。スンギュンはふだんそれほどショッピングが好きではなかったが、すぐにカラオケセットを購入した。看守が小さなブルートゥースのマイク型のものをクリックしようとしたとき、「いいえ、それじゃなくて大きいの。ちゃんとしたの」と強力に主張した。野暮なデザインのどっしりした機械が届くまでには四日かかった。

歌がうまい方ではなかったが、スンギュンはカラオケが好きで、雰囲気を盛り上げるのが上手だとほめられることもよくあった。意思疎通は手話を学んだり筆談を使えばできるとしても、歌はもう歌えないだろうと思ったのだ。体系的な学習計画表を几帳面に作っていた先生らしく、カラオケの本の最初のページから始めて一日に一ページずつ、その中で知っている曲を全部歌うことにした。たいていは一ページに五曲程度だったが、ときには一曲もなかったり、二十曲以上になる日もあった。

他の収容者たちのじゃまにならないように部屋で一人で歌っていたのだが、ハミンがしょっちゅう遊びに来たし、ときにはギョンモも寄って昔の歌を歌った。そうやって他の人が歌うのを聞いて覚えた歌に、つけっぱなしのテレビですぐに覚えてしまう最新流行曲が加わり、親切なことに収容所がカラオケの本の新譜ページも購入してくれたので……予想よりはるかに長く収容所にいることになってしまった。

彼女と別れてからは、恋の歌を歌うのが若干、ごく若干辛かった。電話で別れたかったのに、収容所側の禁止によってそれができず短いメールで別れたので、たぶん外の世界では最悪の男として噂になっていることだろう。彼女が自分をきっぱりと忘れて前進してくれるようにと願う気持ちだけは本心だった。

収容所に入ってみると頭がすっきりして気づいたのだが、最初から彼女は、スンギュンにはもったいない人だった。誰が見てもそうだっただろう。女性の方がずっと多い教師社会だからスンギュンにもチャンスがあったのであって、そうでなければ見込みはなかった。彼女は賢く、情緒的に安定した人だった。朝早く家族全員で教育テレビの英会話番組を一緒に見るようなよき家庭で育った。

それに比べてスンギュンは、ずっと前にばらばらになってしまった家族とほとんど連絡を取っておらず、一人で不規則な生活をしており、一晩じゅう役に立たない番組を見て、日が昇ると憂鬱な気分で起き上がれず、病気休暇を取ることもあった。外から見たところでは二人とも誠実だが、スンギュンの誠実さは、自分の環境と性格に勝つためのあがきに近く、彼女のそれは自然なふるまいだった。交際期間が長くなるうちに、彼女はその違いに気づいたらしい。「何で私があんたみたいなやつと時間を浪費しなきゃいけないの？」と読み取れる冷たい判断が目の中を通りすぎるのが見えた。きわめて非言語的に伝わってくる言語があった。懐疑の言葉が。

しばらく胸が痛んだが、それでも愛しているのか、やり直したいか、人魚姫ならぬ人魚王子にでもなったみたいに声をなくしてでも会いに行きたいかと聞かれたら……そうではなかった。スンギュンは布団をはねのけて起き上がり、画像加工の担当者に海外で過ごす自分の姿をもっとかっこよく合成してくれと頼んだ。彼女がその写真を見て悪口を言うことはわかっていたから。

そのころだった。自分でも気づかないうちにつぶやいていたのは。

「ずっとここにいちゃおうかな？」

そのつぶやき声は他人の声のようだった。まるで、無意識が自分にじかに声をかけてきたように感じられた。

「もう、ずっとここにいちゃおうか？」

そんなつぶやきがふと口をついて出てくることが何度もあって、スンギュンは、思ってもみなかった結論に流れていく自分を発見した。収容所でのスンギュンの暮らしは満足できるものだった。単調で素朴で、会いたくない人には誰にも会わなくていい。実は、いちばん会いたくない存在は家族だった。会えば互いに争い、傷つけ合い、嫌な気分だけがずっと残る。京畿道南部の富農だったおじいさんが世を去るときに、嫡子たちには選りすぐりの肥えた土地を分け、庶子であるスンギュンの父さんには遠く離れた砂利だらけの土地を与えたのだが、その砂利畑が開発に伴い新都市に組み込まれたため、大きな利益を生んだことがいさかいの種だった。自分の分け前である田畑さえ守れなかった本家の子供たちは恨みつらみでいっぱいで、集まるたび、刃傷沙汰にならなかったらラッキーなくらいだった。差別されて育った父さんがまたもや家庭生活に失敗したのは、悪い冗談みたいなできごとだった。

考えてみればスンギュンも婚外子として生まれたのだ。砂利畑を売ったお金で贅沢をして、趣味のつもりで盆唐（ソウル近郊のベッドタウン）近郊にインドアゴルフ場を建てた父さんは、予備校の人気講師だった母さんを誘惑した。スンギュンが生まれたときでさえまだ前妻との離婚が成立していなかったのですっきりせず、無理に腹違いの兄姉と交流しようとする試みは無残に失敗した。

母さんはあまり結婚に向かない性格で、スンギュンが小学校に入るとすぐ父さんと離婚した。スンギュンを置いて出たことを申し訳なく思ってはいたのか、誕生日には忘れずに高い電子機器を買ってくれたが、それでは十分ではなかった。

スンギュンは放ったらかしのまま、父さんのインドアゴルフ場の緑のネットの中で育った。ひょっとしたら収容所にすぐに慣れたのも、幼少時の環境と似ていたからかもしれない。割れたゴルフボールを拾って歩き、自動販売機で売っているおなかにたまる缶飲料で食事をすませていたあのころと実はあまり変わらず、それで社会に戻りたくなかったのかも……。

海外にいるか、もう死んだことにして誰にも会わないのは気楽だろうと思えた。参加していた集まりはいくつかあったが、それなしに生きられないような友情といったものは経験したことがない。職場の同僚や教え子の何人かがスンギュンを思い出すことはあるかもしれないが、心から懐かしんだりはしないはずだった。毎晩じっくりと記憶をたどってみても、十年、二十年さかのぼってみても、外の世界に会うべき人はいなかった。声をなくしてまで、あぶくになる覚悟をしてまで会いたい人は、ただの一人も。

それなら、このままでもいいんじゃないか？　収容所なのに毎週土曜日にはビールも二本ずつくれるのだ。サッカーの試合がある日には夜中までテレビを見ていても何も言われないのだ。

かくしてスンギュンは収容所に腰を落ち着けることにし、ミラーボールとカラー照明器具の代行購入を申請した。

*

他のメンバーもやはり、充実した趣味生活を送っていた。ハミンはその年代らしく、ありとあらゆる種類のゲームのコンソールを全部揃えていた。オンライン接続が禁止されているだけで、ゲームをやること自体には何の制約もなかった。スンギュンはそれほどゲームが好きな方ではないので、何時間かすると飽きてしまうが、ハミンは全然そんなことがないらしい。ときどき充血した目で、午後になってやっと食事をしに現れた。どうせ閉じ込められてるんだから、ゆっくりプレイするんじゃだめなのかな？　スンギュンは、いつもはのんびりして見えるハミンが追われる人のようにゲームをするのがちょっと不思議だった。ときには礼儀上ご招待に応じ、一緒にゲームをして夜更かしすることもあったが、それだけだ。

所長にここへの辞令が出る前から収容所にいたというギョンモは、所長とは友人同然だった。二人は囲碁、将棋、チェス、トランプ、花札などありとあらゆる種類のゲームを楽しんでいた。スンギュンも初めは何度か参加したが、二人の年輪と賭け金の規模に圧倒されて、やがて足を向けなくなった。収容所内の金はおもちゃの金のようなもので価値がないのだが、スンギュンは何となく金を使うことができなかった。外の世界への未練のためというよりは、持って生まれた器が小さいせいらしい。

ギョンモの部屋のすみには前の仕事場から持ってきた特製のビリヤード台も備えてあった。ギョンモはほとんどプロ並みに四つ玉を打つ人で、ポケットボール程度しかできなかったスンギュンは一からちゃんと習う機会を得た。スーパーキャリアはその体内に渦巻く病原菌ほど社交的ではなかったが、少なくともよきビリヤードの先生ではあった。

スヒョンはゾンビ映画のコレクターだった。ゾンビ以外の怪物が出てくるＤＶＤは一枚も持っていない。死体の庭を手入れしていないときには主に同じ映画を何度も見て時間をつぶすと言っていた。昼なお暗い部屋でゾンビ映画を見ている小さなグールの姿は本当に陰気だったが、考えてみればスヒョンにとってゾンビ映画とは、単に食欲をそそる料理番組程度のものらしい。要は、よく熟成させた食べものが画面いっぱいに歩き回ってくれて、あえて墓地に探しに行ったり地面を掘ったりしなくても向こうから追っかけてくるし、その上、どういうわけかわからないが、完全に分解されず熟成した状態を保っているのだから、もう願ってもないというわけだ。ハミンと二人で訪ねていき、親しくなろうとして一緒にゾンビ映画を鑑賞したことがあるが、ゾンビがクローズアップされるたびにスヒョンがごくんとつばを飲むのが嫌でやめてしまった。

その上、スヒョンの髪の毛からはいつもかすかに墓場の土の匂いがした。もちろん、墓場の土の匂いなんて今までにかいだこともないが、そうとしか説明できない匂いだった。スンギュンはただ、ゾンビ映画のソフトが新しく出たという情報を聞くと、スヒョンより先に注文してプレゼントすることで好意を表すことにした。スヒョンはドライにお礼のあいさつをした後、二列に生えた歯を歯間フロスで丁寧に手入れしながら、もらったＤＶＤを熱心に鑑賞した。

その他にもテレビ、ラジオ、本、雑誌、新聞など、一方通行のオールドメディアの人気がとても高かった。収容所の中はまるで世紀が変わっていないみたいだった。食事どきにはみんな、前日に見た番組の話をするのに忙しかった。ニュースにはもうあまり関心が向かず、旅行番組は飲み干すようにして見た。行けたときに行けなかった遠い国々に関する高画質動画を何度も何度も見た。世間の動向より、風景そのものの方が気になる。

そして、歌番組を指折り待った。ありとあらゆる歌の歌詞を、一字一句まで正確に、ラップまで全部覚えてしまい、自分でもそれが大したことなのか情けないのかわからなくなった。ラジオの場合は、暗号解読家の同席のもとで、三行以下のメッセージを添えて曲をリクエストすることができた。ＤＪがリクエスト曲をかけてくれでもした日には感激したが、そういうことは多くない。本はほとんど区立図書館レベルでそろっており、新刊も定期刊行物もたっぷり入ってきた。きれいな本を待たずに読むことができ、誰にも督促されないのだ。収容所では紙の新聞を全種類購読していたが、外の世間がそのことを変に思っていないのはちょっと笑える話だった。

収容者たちのさまざまな趣味生活のために使われる血税は少なくないはずだった。スンギュンは善良な教育公務員らしく良心の呵責（かしゃく）を感じたが、やがてそんな態度を捨てた。ともあれ、スンギュンも他の収容者も代価として自由を差し出しているのだ。日ごろ、取るに足りないもののように扱ってきた自由が実は高価なものだったということに、あえて異論をさしはさむ余地はなさそうだった。遠慮なく贅沢を楽しもうと心を決めた。

*

そのようにして最後まで静かに平和に続きそうだった収容所生活を揺るがしたのは、最後に合流した収容者だった。

シン・ヨンソン（二十六歳、南楊州（ナミャンジュ）出身、雑誌社の契約インターン）は、周囲の人たちを中毒患者にした嫌疑をかけられていた。アルコール、麻薬、カフェイン中毒といった外から見てわかりやすい中毒から、ギャンブル中毒、セックス中毒、ゲーム中毒、ショッピング中毒はもちろん、ひどいのはまぐろ中毒になって三度の食事にまぐろばかり食べまくったあげく、結果的に水銀中毒状態になった者もいたという。その結果五名が死に、四十名以上が治療を受けているといわれていた。しかし当局は、長期間にわたる調査と実験を行ったにもかかわらず、ヨンソンが具体的にどうやって中毒を誘発したのかは結局明らかにできなかった。ヨンソンの能力が脳の前頭葉や島皮質といった中毒に関連する部位を刺激したらしい、というのが最終的な推論である。

「教えてくださいってば。まともな説明ができますか？　私が納得するまで科学的な証拠を出してくださいよ。そうだ、報告書、報告書みたいなものはないんですか？　見せてってば。私、当事者なんですから。えっ、ごまかさないでよ……。想像だけでしょ？　そんな想像で人をつかまえるの？　私じゃないんですってば！　ほんとにそんな能力を持ってる人は今も外を歩き回ってるっていうのに……ああもう！　やってらんない！　人生がうまく行きかけてたのに、こんなばかみたいなことで！」

ヨンソンは収容所に到着して二週間ずっと泣きつづけ、大声で抗議した。そんな反応は新鮮なほどだった。スンギュンや他の収容者たちは収容されたとき、ショックを受けはしても、それまでに周囲で起きた奇怪な事件を思い出しておとなしく隔離を受け入れたが、ヨンソンは違った。ヨンソンのように激烈にドアをたたいたりもがいたり訴えたりする人はそれまで一人もいなかった。一目人の看守たちまで、ヨンソンに鎮静剤を投与するときはとまどった顔をしており、所長は自分でヨンソンの部屋にまで降りていってヨンソンの様子を見た。

「見込み違いは……今まで一度もありませんでしたが、何にでも初のケースというものはありますからね。ひとまず上層部にシンさんの意思を伝達するようにします」

所長としてはそれが最大限の配慮だった。何日か後、スンギュンの想像も及ばない上層部から下された方針は、状況を見て、余力のあるときに収容所に常勤の研究員を配置してやるというものだった。ヨンソンは、完全に無害だと認められない限りはこれからも収容されることになった。

「何よ、十五人で寄ってたかって調べてもはっきりした結果が出なかったのに、たった一人ここに配置してくれるだけなんですか？ そんなのってありえます？ ここまでの人権侵害がありますか？」

悲鳴を上げたりすすり泣いたり、それを一緒にやることをくり返していたヨンソンは結局、おなかがすいたのか、とぼとぼと食堂に現れた。ぎこちない微笑とともに。それで残りの四人はやっとヨンソンの顔をちゃんと見ることができた。変わった容貌だからではなくその逆の理由から、ずっと見つめずにはいられない顔だった。全然特徴のない目鼻立ちであり、その配置もめったにないほどバランスが取れているため、ちょっと視線をそらすとどんな顔だったか再構成することができない。よくある顔だから、次に会ったら見分けがつかないか、まるで違う顔に見えそうだった。目の前にいないとはっきり思い描けず、思い出せそうで思い出せないのでむずむずする。スンギュンだけがそう思ったのではない。ヨンソンをせっせと目で追っていたハミンが、体を傾けてささやいた。

「研究員は何で気づかなかったんですかね？　ちょっと見たって顔が原因だってわかるのに。妙に目が離せなくなる顔ですね。それで一般人に中毒を誘発したんですかね？」

「単なる気のせいってこともあるじゃないですか。じろじろ見ちゃいけませんよ。嫌な気持ちになるでしょうから」

　スンギュンもまた、そう言いながらもぎこちなくヨンソンを横目で見ていた。ヨンソンの登場は、空気に緊張感を吹き込んだ。

「でもね、万一のことを思って言うんですけど、兄貴、ここで恋愛は禁止ですよー。厳しいんですよ。セックスだけじゃなくて恋愛も……。予測不可能なことが起きるのを防ぐために、遠回しに言ってくるんです。たぶん、あの人が入ってきたからもう一度注意喚起をすると思いますよ」

「だったら、最初から恋愛ができない組み合わせで収容した方がいいんじゃないですか？」

「どうやったら恋愛不可能な組み合わせになるんです？」

「社会的に容認できない年齢差とか……」

それ以外には思いあたることがない。

「それはちょっと効果があるかもしれないな。だけど、僕ら、ランダムに収容されているわけじゃないそうですよ。似たような能力を持った収容者が同じ収容所に重ならないようにしたら、この五人になったんだと思います。ひょっとして増幅効果みたいなものを起こしたりしないように、予防の見地から」

「あーあ、管理する方も大変ですね」

こういう収容所がいったい全国に何か所あるのか、また、各収容所にスンギュンみたいに殺人者を刺激するケースは何人ぐらいいるのか。スンギュンはしばし、塀の向こうを眺めた。

＊

ヨンソンはだんだん収容所に慣れてきたようだった。誤解を解いて外に出ようとする意思を捨てたわけではなかったが、他の収容者たちを困らせないように努めていた。その努力は努力でショッキングな場面を演出してしまったが。

まずはいちばん年下のスヒョンと仲良くなるのがいいと判断したのか、ヨンソンはそれまでになかったほど軽い足取りでスヒョンの死体の庭に向かった。スヒョンはベンチに座っており、ヨンソンがそのまま通り過ぎると思って全然気にしていなかった。ヨンソンはスヒョンの隣にぺたんと座ると、何のあいさつもなく……スヒョンの髪の毛を一束つかんだ。

二人を見守っていた者たちは、うっ、とあわてて息を飲んだ。もちろん、いちばん驚いたのはスヒョンだ。不意の襲撃を受けた獣が出すような奇妙な音を出した。あんなに人と目を合わせなかったのに、ヨンソンをまっすぐ見つめたほどだ。噛むのか？　噛んじゃうのか？　看守たちがびくっとした。

そんなことはどこ吹く風で、ヨンソンはのんびりとスヒョンの髪の毛を結いはじめた。スヒョンは、ヨンソンの行為は攻撃ではなく親交目的だとやっと気づいたが、まだこちこちに緊張していた。うっかり自分の舌を噛むのではないかと思うほどだった。スヒョンの緊張に全く気づかないヨンソンが、もつれたところをほぐしながら尋ねた。

「編み込みの三つ編みの方がいい？」

スヒョンはぜえぜえとあえぎ声を出し、なぜかヨンソンはそれをＯＫのサインと受けとった。ヨンソンがスヒョンの髪の毛をほぐして結い直している間、収容所の庭には静寂が流れ、みんな他のことをするふりをしながらその様子をちらちら盗み見していた。

本当に驚いたのは、スヒョンの髪を結うことが収容所の毎日のルーティンになったという点だ。食後のけだるさの中で、午後のあたたかい日差しが注ぐころ、スヒョンは緊張を解いて、深い地の底のオーラが漂う髪の毛をヨンソンに任せていた。

＊

僕らの髪を結おうとはしないよな、と他の収容者たちは笑いながら言い合っていた。もちろんヨンソンは彼らの予想通りには動かなかった。

毛髪と関係があることはあった。ヨンソンがある日ギョンモに近づき、さわやかに、しかし強気に提案したのだ。

「短い、ざらっとしたひげを生やしたら、完全にマッツ・ミケルセンそっくりになると思いますよ」

マッツ・ミケルセンが誰なのかも知らなかったギョンモは、コーヒーカップを持って部屋に退却してしまった。そこであきらめるヨンソンではない。出くわすたびにその話を切り出し、まわりの人たちの同意まで取りつけた。

「ハミンさん、あなたが見ても似合いそうだよね？　先生、先生もそう思うでしょ？」

看守がマッツ・ミケルセンを検索して、大きい画面に画像を出してくれた。ギョンモはうーんと弱りきった声を出したが、抵抗しきれなかった様子でひげを生やしはじめた。白いひげがぽつぽつと混じっていたが、案の定、似合っているといえる部分があった。ビリヤード場の主人よりカフェの主人の雰囲気が出てきた。

ヨンソンはギョンモに続いてハミンも征服した。ハミンが持っているすべてのゲームで完全勝利を収めたのだ。造作もなく高レベルを破り、隠された道を見つけ出し、宝物を手に入れ、ラスボスを倒した。異様なほど瞬発力に優れ、絶体絶命の瞬間には運がついてきた。ハミンのプライドは地に落ちたが、プライドも若いのか、四時間で回復した。競争相手の登場がハミンに久々の活力をもたらしてくれたのだ。

「再対決を申し込みます。スンギュン兄貴がゲームが下手すぎるせいで、僕の実力まで落ちちゃったみたいです」

ヨンソンは初め、スンギュンがちょっと苦手だったらしい。スンギュンはハミンのように気楽に声をかけやすいタイプではなかったからだ。だがそれもしばらくのことで、スンギュンはやがて毎日の日課だった「カラオケの本を一日に一ページ」ができなくなった。ヨンソンが毎食後、腹ごなしには歌がいちばんと言ってスンギュンのカラオケセットを占領し、なぜか韓国演歌（トロット）ばかり続けて歌いまくったからだ。まあまあ聞ける腕前ではあったが、正直、トロットが似合うような練れた声ではない。スンギュンがもう一台機械を買えと言わなかったのは、ヨンソンがときどき歌と歌の間に個人的な話をしたからだった。

「昨日、夢見たんですよ。ママの膝枕で寝てたらすーっと眠くなる夢だったんです。変でしょ？　夢の中なのにまた眠くなるなんてね。でも、ほんとにいい気持ちだったのにママが、寝たらだめ、だめって言って寝かせてくれないの。ママったらもう、何でこんなことするのーって思ったけど、今考えてみたら、起きたらだめ、だめって言ってたみたいなんです。起きたらまた会えなくなるから」

ヨンソンは収容所に入る前、母親と二人だけで暮らしていたという。小さな電子部品製造会社で長く働いてきた母親は、やっとのことでヨンソンの大学の授業料を作ってくれたそうだ。ヨンソンがアルバイトを増やそうとすると、むしろその時間で勉強して奨学金でももらいなさいと言い、実際にヨンソンは何度も奨学金をもらった。本当にどうにもならないときには休学した。そうやって頑張って大学を卒業したのにしばらく仕事につけなかったことがヨンソンにとっては大きな傷だったが、インターンとはいえ、とうとう仕事を見つけ、スタートらしいスタートを切ろうかというときにあえなくつかまり、ここに来たのだった。

「先生、最近はね、きつい仕事が全部インターンシップって呼ばれてること知ってます？　まともなインターンの口を手に入れただけでも本当にありがたいことなんですよ。一度なんてね、市でやってる青年就職支援事業だっていうから申し込んだら、まるでガラガラポンの福引きみたいなもんだったんですよ！　動物園に割り当てられてね、私、動物園の広報資料か何かを作るのかと思ってたんです。それなら専攻と関係があるから。動物園は今すぐにでもなくすべき場所だっていう信念はあるんですけど、ママのことを考えてぐっとがまんだと思ってね。なのに、最終的に割り当てられたのが熊の飼育場だったんですからね、本当にもう。毎日朝の四時に出て赤ちゃん熊のえさを刻んだり、飼育場の掃除したりして」

「熊……かわいいじゃないですか」

「赤ちゃん熊や、すっかり大きくなった子熊たちはほんとにかわいいですよ。実はかなり情も移ったんですよ。膝にくっついて甘えられたりしてね。もちろんジーパンが破れたりしたらちょっと腹が立つけど、テディベアがどうして生まれたかわかりましたもん。だけど大きくなった熊がどれだけ怖いかですよ。なまやさしい性格じゃないんですから。観覧客の一人がいたずらして、腕が吹っ飛びそうになったんです。履歴書の経歴欄に一行でも書くことが欲しければ選り好みしてる場合じゃないですけど、だからって、熊の飼育係をやったことが私のキャリア上で何の役に立ちます？　閉じ込められてる熊たちもかわいそうだし、私もかわいそうだし……。世の中にあふれてるインターンっていうの、特に国でやってるものほどみんなそんなふうなんです。本当に、自分の専攻にぴったり合った職場を探そうと思ったら大変すぎますよ。それでやっと見つけたのに……正社員に選ばれそうな勢いだったのに……。先生、ほんとに私、ちゃんとした職場を見つけてママを休ませてあげるつもりだったんですよ」

機関員たちは、ヨンソンの母親が超過勤務にダブルワークまでして夜中じゅう働いていたのは正常ではなかったと見ており、一種の中毒だと言ってヨンソンを傷つけた。ヨンソンは、ママを仕事中毒にしたのは本当に私なのか、毎朝ママの手足がぱんぱんにむくんでいたのは本当に私のせいだったのかと考えたが、とてもそうは思えなかった。

「また会えますすよ」

スンギュンは何と答えていいかわからず、それだけ言った。

「先生、やっぱり私、ここから出ていけそうにないです。それさえできるならどんなことでもがまんするけど……。ああ、それでも先生と話をするとちょっと楽になります。ママの夢を見てからは本当に気分が沈んでたんですよね」

スンギュンは、ヨンソンが彼をいちいち先生と呼ぶのが不満だった。スンギュンはもう教師ではないし、二人は対等な成人なのに、ていねいすぎると感じられたからだ。でも、ヨンソンがカラオケセットのファンファーレとトロットの伴奏の合間に打ち明けてくれる話は、ソンギュン以外の誰にも話さない内容だと知っていたから黙っていた。声が漏れるのが気になるという口実で、二人の会話がもっと特別なものになるよう、防音壁まで設置した。二人だけのものであればいいと思った。収容所にいることをラッキーとまで思った。ヨンソンと一緒にいる以上、それは孤立ではなかった。親密さを作り出すための特別な条件というだけのことだ。他の収容者たちが気をきかせず割り込んできたりするとひどく気を悪くした。

ヨンソンは収容所の日一日を一新していった。週末ごとにめいめいがいちばん得意な特別レシピの料理を作ってお互いにふるまおうと提案し、所長の許可を取りつけた。収容者が調理器具を利用して暴動でも起こすのではないかと緊張した看守たちが厨房をぐるっと取り巻いていたが、そんな意図は誰にもなかった。

意外にも、発案者のヨンソンより他の参加者の方が優れていた。ギョンモは北朝鮮風のぎょうざとたれを披露し、スンギュンはスパイシーなすいとん汁を、ヨンソンはかぼちゃの炊き込みご飯を、ハミンはジャージャー麺のたれをかけたラーメン入りトッポッキを作った。スヒョンは味見だけしてナプキンに吐き出していたが、毎週、興味深そうに食卓を囲んだ。一か月間は楽しんだが、夜中、スヒョンが照明をわざと消した庭で一人で食事しているのが気になって、この行事は継続されないことになった。

そこで止まるヨンソンではない。次のプログラムとして、収容者と看守の全員が参加する体育大会を開き、収容者というより一目人の看守たちの競争になってしまったが、楽しく盛大な集まりになった。後で聞いたら所長が好成績を収めた一目人にボーナスを出すことにしており、それがすさまじい熱意を引き出したらしい。スヒョンが腕相撲大会で全員を抑えて一等になったのは予想外の結果だったが、どんな季節であろうが土を掘り返して成人男性の死体ぐらいは楽々と引っぱり出す筋力を持った種族なのだと改めて確認することができた。

収容所内の物々交換システムの構築、老朽シャーシ交換によるエネルギー効率の改善や雨水活用法の提案、第二・第四金曜日の夜にダンスタイムの設定、楽器レッスンのための一目人からの講師探し、美術工作室の新設要求など、生活を改善しようとするヨンソンの努力は衰える様子がなかった。ヨンソンみたいに仕事のできる人をインターンとしてしか使わないなんて、世の中の方が間違っていることは明らかだとみんな口を揃えて言った。

ヨンソンはそのようにして収容所に浸透していった。閉じ込められた人たちも閉じ込めた人たちもヨンソンを大事にした。まるでヨンソンに埋めてもらうために、収容所内のあちこちに前もって溝が掘られていたかのようだった。その溝がしっかりと埋まると、ヨンソンは収容所のアイドルのような存在になった。収容所はヨンソンのために作られたのも同然だった。絶えず見つめずにいられない顔の女王が統治する太平の世であり、民衆はただそれを讃えるのみだった。

*

黄金期は短かった。

目の前で起きていることに、あんなにもみんなが気づけなかったとは、過ぎてみると唖然とするばかりだ。スンギュンは久々に自責の念に苦しんだ。ヨンソンが病気になったのだ。

初めは風邪かと思ったが、咳が止まらなくなった。軽くゴホゴホしていたヨンソンはとうとう、咳込むたびに喘鳴（ぜんめい）するようになった。医務室では肺炎という診断を下した。

「えらく性格がいいから、なかなか表に出さなかったんだな。具合が悪いなんて知らなかった。何だかんだでストレスは相当あっただろうに」

ギョンモが、コーデュロイのズボンのポケットに手をぐっとつっこんだまま医務室の前を行ったり来たりしていた。スヒョンは死体の庭で花をつんでお見舞いに行った。ヨンソンは体調が悪いのに缶入りのリップクリームのふたを開けて、グールのかさかさの唇にクリームをたっぷり塗ってやった。半開きの口から見える恐ろしい歯は全く気にしていない。心底偏見のない我らの聖女、どんな怪物でもありのまま愛してくれるあの美しい指……。スンギュンはヨンソンの全快のために、三千回でも伏して拝みたかった。

肺炎がやっと治まったかと思うと、細菌性の皮膚炎が出たと言ってヨンソンは泣きっつらだった。

「医務室が北向きで日光が入らないから、病気を治しに行って病気をもらってきちゃったってわけ」

そんな状況でも笑いをまじえて言うヨンソンだった。足首にできた嚢胞(のうほう)が全身に広がりはじめた。飲み薬と塗り薬で抗生物質が投与され、それはやがてヨンソンの心臓に悪影響を及ぼした。皮膚病は盛んに再発した。

その次はA型肝炎。

その次はマラリア。

その次は水痘。

その次はツツガムシ病。

そのころになってみんな、何かとんでもないことになっていると気づいた。ヨンソンが笑っていても、誰も笑えなくなった。毎日夕方、収容所は少しずつ崩れていくかのようだった。

*

もちろん、最初に気づいたのはギョンモだった。彼は最上階にある自分の部屋に引きこもり、誰も入ってこられないようにした。ドアのすきまを濡れたタオルでふさいだのだ。ちゃんと換気がされているのか心配になった。食器は自分で消毒し、簡易洗濯機を要求した後は洗濯物も出さなかった。所長は、ヨンソンが病気になったのはギョンモのせいではないと説得しようとしたが、部屋に足を踏み入れることもできなかった。ギョンモは厚いドアにガンガン響くほど大声で怒鳴った。

「お前の仕事がずさんなせいで、あのお嬢さんがこんなことになっちまったじゃないか！俺がうつしたんだ。他の理由じゃ説明がつかない。またこんなことが起きるなんてほんとに信じられない。守れもしない空約束を並べるのはもうやめろ！　最初に俺がこの収容所に閉じ込もった理由は何だった？　もう何も感染させたくなかったからだ。このクソみたいな俺の人生で、望みはそれしかなかったんだ。だから自分の足でここに入って、人生の半分をここでつぶしてたのに、アホな政府はそれさえ助けてくれないのか？　俺が会った所長の中でお前がいちばん有能だと思ってきたが、それも違ってたみたいだな。シン・ヨンソンさんが俺のせいで病気になったんなら、それはあの人が怪物じゃないってことだろう！」

ギョンモと所長の会話を踊り場で盗み聞きしたスンギュンは、以前とは違って怪物という単語にビクッとしなかった。微妙な単語だったのに、もう慣れてしまったのか何ともない。今まで誰もあえて口にしなかったが、彼らは怪物だった。自嘲的なニュアンスで言う怪物ではなく、科学的に、怪物どうしの免疫によって証明された怪物たち。そして彼らの中に怪物ではないヨンソンが投げ込まれたのだ。どうしてこんな大きなミスが……？

ギョンモの抗議は叙事詩的だった。二十歳にして父母兄弟、竹馬の友を一度に失ったことから始まり、最後になくした彼の妻の話まで。

「俺がばかだったってことはわかってるさ。あんまり大勢の人をなくしたから、一人ぐらいは大丈夫だろうと思ったんだ。まぬけだった。二か月で結婚して、十五日で土に埋めたんだよ。俺が死んだ方がよかったのに……。あのとき、この腐った国は何をしてた？　お前らは何をしてたんだよ？　中学もやっと卒業したこの俺が気づくまで、何も知らなかっただろう。お前らは民間人を査察してたじゃないか。査察なら俺みたいな人間に対してやるべきだったんだ。怪物どもは放っといて、学生なんかつかまえちゃ拷問してたんだから、今でも呆れちまうよ。しかもこっちから名乗り出たのに、お前らのやったことといったら、せいぜい、俺を武器にしようとしただけじゃないか。敵国に行って人を殺させようとしたり、友邦国に俺をプレゼントしようとしやがって。冷戦時代だからって、言っていいことと悪いことがあるだろう……。良心的で効率的な独裁政府だなんて、お前らがそんなことを抜かしたら舌引っこ抜いてやるぞ。あんないまいましい時代をどうにか耐えてきたのに、またこんなことになって……。一目人の弁護士でも何でも探してこいよ！　どこかに一人ぐらいいるだろう！　怪物の弁護士でもいい！　収容者の中に弁護士はいないのか？　探してこいよ！　訴訟起こすから！　おい、黙れ、訴えてやる！」

所長はギョンモを落ち着かせようと必死になり、上層部と調整中だからと口ごもった。だがその調整を待つ間もヨンソンの健康はもつのか、疑わしい。スンギュンとハミンがヨンソンを他の収容所へ移動させてくれと抗議したが、ヨンソンの特異な点がまだ把握できていない現状では、他の収容所にまで事態を広げる可能性があるとして拒否された。変数はコントロールされるべきであるからという回答が返ってきて、所長を一発殴ってやりたい、壁を殴ってやりたい、ものを投げたいと思ったがそのうちのどれもできなかった。スンギュンは、僕は自分の暴力性を完全に抑えられる理想的な市民なのにもかかわらず監禁されている、という前提が急に信じられなくなった。

ハミンが足音を殺して階段を上ってきて、スンギュンがいるちょっと下の段に座った。

「出してあげなくちゃ」

スンギュンがつぶやいた。

「賛成です。あのままだとヨンソンさん、大変なことになるかもしれない。脳梅毒だとか、黒死病だとか、もっとひどいのが待ってたらどうします？」

「どうやったら出してあげられるかな？　一目人たちは耳をふさいで聞いてもくれないのに」

「外に出してあげられさえすれば……その後はどうにかできるかもしれないんだけど」

「え？　それどういうことです？」

聞けば、ハミンは政界の大物に縁があるのだった。彼の特殊な髪の毛が持つアジテーション能力は民主主義をも歪曲しうる秘密兵器であるところから、情報がどこからどうやって漏れたのか、しばらく前の投票時（収容所にも簡易投票所が作られていた）に政権与党の中心人物が収容所を訪ねてきたというのだ。ハミンはそんな面会がどうやってセッティングされたのかとめんくらったが、いずれ収容所の外に出るときに備えて通帳の残高を増やすことにした。その際に守秘義務に関する覚書を書いたにもかかわらずスンギュンに打ち明けたのは、ヨンソンのためだった。

「一か月間ずーっと、『候補者1に投票しよう』とか『候補者3にだけは入れないで』（韓国の選挙では候補者に候補者番号が割り振られており、投票時はその番号を記入する）とか考えつづけて、その間に抜けた髪の毛をしっかり集めてあげたんですよ」

「遊説トラックで回りながら、その髪の毛をばらまいたのかな？　ああ、ほんとにあんまりですね」

「ちょっと前に大企業の戦略企画チームも来ましたけど……」

「うそー！」

「ほんとなんです」

非合理的な確信、偏った選好、行きすぎた実行力を外の世界の人たちはちゃんとチェックできているのだろうか、心配になってくる。

「ハミンさんがもしもそのとき他のこと考えてたら、どうするつもりだったんだろう？」

「そんなあ。これだってビジネスなんだから、僕、ものすごく意識を集中させたんですよ。

収容所じゃ前の収入を参考にした金額しかくれないからこんなお恥ずかしいことをしたんだけど、このコネを使って何とかできないですかね？」

「とりあえず出さえしたら、そういう力のある人たちが……ヨンソンさんをシステムから除外してくれると？」

「はい。そのぐらいなら僕が何とかできそうです。僕の頼みを聞いてくれるか僕を暗殺するか二つに一つだろうけど、まあ前者でしょ」

「いや、暗殺はないですよね……」

「民主国家というものを信じてみることにします。民主国家だ、だけどシステムを曲げたり穴を開けられる人たちはいるってことで」

　ハミンはこんなに頭がいいのになぜ大学に受からなかったんだろう？　スンギュンは元教師として、教育の現実についてちょっと考え込んでしまった。

*

　スヒョンが真夜中にスンギュンを起こしたのはその翌日だった。悲鳴を上げなかったからよかったが、冷たく濡れた曲がった指に肩を揺すられて驚いたというより、下着姿で寝ていたところへ未成年者が部屋に入ってきたのでぎょっとしたというのに近かった。スンギュンは常日ごろ、生徒への不適切なスキンシップになることを極度に警戒するタイプだった。その点をちょっと配慮してくれとグールに言いたかったが、思いとどまった。

「どうしたの？　ヨンソンさんの具合が悪くなった？　どうやって見つからずにここまで来たんだい？」

シーツを引っ張り上げて体に巻きながらスンギュンはささやいた。教職にいるときに痛めた咽喉がまだちゃんと回復していないのか、カラオケセットを愛用しすぎたせいか声がしゃがれていて、自分でも聞きづらかった。

「私が夜中に出歩いたって、誰も気にしませんよ」

スヒョンが淡々と答えた。夜に見ると目が潤んでいるようだ。おなかいっぱい食べた後らしい。

「ハミン兄さんに聞いたんですけど、ヨンソン姉さんをここから出してあげようとしてるんですって？」

「うん、相談してるところなんだ。まだちゃんとした計画はないけど、何とかしてあげないとヨンソンさんが、本当に……」

死んじゃうかも、とはまさかスンギュンも言えなかった。死ぬという言葉に、人間とグールとでは違う反応が起こるかもしれないと思ったためだ。

「私、お姉さんが死んでも、お姉さんが死んでちょうどいい感じに熟成しても食べないでいられるぐらい、お姉さんのことが好きです。そんな無駄なことができるほど好きな人はいなかったんですよ、今まで」

「ああ、そうなんだ……」

えっ、だったらそれ以外の人たちはやっぱり食べるの？　スンギュンはちょっと気になってしまった。

「実は、トンネルがあるんです」

「え？　何があるって？」

「トンネルです」

「外に通じてるの？」

「はい。近くの霊園に通じるトンネルがあります。ときどきもうちょっと古いのを食べたい日があるんで、前に掘っといたんです」

いったいどのくらい古いのを？　スンギュンが思わず暗闇の中で浮かべた表情を見たのか、スヒョンはすぐにつけ足した。

「まあ、人がホンオ（ガンギエイを発酵させた全羅南道の郷土料理で、非常に匂いがきついことで有名）を食べるのと似たようなものっていえるかな？　香りもいいし、骨ごと食べられる点が格別で……」

「収容所の人たちはトンネルがあることを知らないんだね？」

「はい。いつも入り口は死体でふさいでおくから、その下まで探したりはしないんです。どんなに几帳面な看守でもね。最近はあんまり使ってなかったし」

「ヨンソンさんも入れるかな？」

「私が通れるサイズだから、ちょっと小さいかもしれません。でも本当に使うなら、前もって手入れしておきますよ」

「ばれたら君も危険なことになるんだよ。今より悪いことになるかもしれない」

　特に何も返事をせずに、グール少女は首を横に振った。危険はないというより、危険に瀕してもいいという意味らしい。ヨンソンが病を冒してとかしてやり、結ってやった髪の毛が一緒に揺れた。

＊

　ポイントは、ヨンソンを死体の庭の真ん中にあるトンネルに連れていく間、誰かが注意を惹きつけておかなければならないということだった。ギョンモはしばらく守ってきた完全隔離の原則を破って、自分の部屋で所長と賭けごとをすることにした。ポーカーならわざとチップの合計点数が僅差になるように手心を加え、囲碁なら半目ずつ一進一退の接戦になるように調節して、できるだけ時間を稼ぐという戦略だった。一目人たちは厳格な代わり、柔軟性はちょっと落ちる。命令を下すトップが賭けごとに気を取られていれば、対応が遅れるのだ。

「この部屋で、できるだけ外部と接触せずにできることなら、何でもやるよ」

部屋から一歩も出ないのにひげは一生けんめい手入れしていたギョンモが言った。自分が動かせる駒の数は減るが、とはいえそれは正当な意見だとスンギュンは認めた。ギョンモが部屋から出てきて空中に何もかもまき散らし、それでもヨンソンが脱出できなかったら、そのときは本当におしまいだ。不確かな計画でそんな危険を冒すことはできない。

警戒が手薄になるスヒョンの食事どきを狙ってヨンソンをトンネルに誘導する間、残りの一目人の注意を引くのがスンギュンとハミンの役割だった。幸いヨンソンは歩ける状態になっており、スヒョンは腕相撲大会で証明された通り腕の力が強いので、いざとなったら引っ張っていくか抱いていくこともできるだろう。どうやって看守の注意を引きつけるかだけが残された問題だった。

「必要なものを買っといてもらえるかな?」

何日かじっくり考えた末にスンギュンはハミンに頼んだ。ハミンは、外部の協力者候補たちと接触するためには自然な抜け毛だけでは足りず、まともな髪も抜いたので、生え際がでこぼこになってしまっていた。髪の毛がなくなったら次の材料になるはずの眉をしかめながら、スンギュンが差し出したリストを確認した。車両用DMB、ポータブルスピーカー、水中カメラ、電気自転車、無線で操縦する恐竜のロボットなど、ふだんハミンが買うものとひどくかけ離れてはいない。いくつかは収容所を通して買い、いくつかはハミンがプレゼントとして受け取る形で持ち込むことにした。特に後者の方法を使えば、必要な部品をあと何個か隠せるかもしれない。

「あーあ、はげ頭になるのが嫌でここにいるのに、こんなことになるとは思わなかったですよ」

ハミンは小さなため息をついた。

「僕の髪の毛もちょっと混ぜて量を増やしたら……」

「もう、兄貴はまた。そんなのお断りですよ」

「ハミンさんは正直だね。こんな人、ほんとにめったにいないよ」

やきもきしながら待っていたが、到着した品は次々に収容所の手続きを通過した。Dデイが決められた。すべてが確実になってからヨンソンに計画を話した。今やヨンソンに会うときには医療用の保護装備を身につけなければならない。そんなものを着てささやくのは容易ではなかった。

「ありがとう。私のためにそこまで……。めったなことではお目にかかれない人たちにここで会ったんですね」

おたふく風邪のため、ただでさえとらえにくいヨンソンの顔の輪郭はさらに変形していたが、ヨンソンは苦労して感謝の気持ちを表した。こんなときによりによっておたふく風邪だなんてとスンギュンは気の毒になり、それからいつになく勇気が湧いてきた。手袋をはめてはいたが、ヨンソンの手を力をこめて握って話した。ヨンソンの目を見ながら、献身の気持ちが伝わるようにと願った。

振り向くや否や、ヨンソンがどんな顔だったかぼやけてしまった。それでも、手に残った感触だけは全然ぼやけなかった。いつまでもぼやけそうになかった。

*

スンギュンが救命胴衣の代理購入を申請したときも、一目人たちは何も疑っていなかった。収容所にはプールがないのに、なぜ救命胴衣が必要なのか疑ってもよさそうなものだが、プロトコルに従うことしかしない彼らは、バックルが四個もついた大振りな蛍光色のチョッキを買ってくれた。

スンギュンとハミンは大胆にも、工作室でそのチョッキに部品をはんだづけした。一日人たちは相変わらず特に関心を見せなかった。やってきて何をしているのかと聞かれたら何と答えるかまで考えておいたのに、そんなことは起きなかった。実は収容所では、さまざまな手作業は奨励されていたのである。おかげで、元英語教師と浪人生の作品としてはかなりの優れものが完成した。実はスンギュンよりハミンの方がそういうことには才能があった。スンギュンのアイディアはハミンの指先で具体化した。

「こんな才能がここで腐ってたなんて」

「自分でももったいないと思いますよ」

「一回だけ、ちゃんと動くかどうか試してみたいな」

「それは無理ってわかってるでしょ」

Dデイは一日も遅れずやってきた。スンギュンはDデイの夜、ずっしりと完成したチョッキを着て収容所の庭の真ん中に立った。建物をはさんで、死体の庭までいちばん遠い位置だった。落ちくぼんだ黒い目のように見える白い建物を見上げながら、スンギュンは内心、収容所生活はそんなに嫌じゃなかったなと思った。自分が人生のある時期と次の時期との縫い目に立っているのだと、はっきり気づいた。

「マイクテスト、マイクテスト、ワン、ツー」

塀の下の陰の中でハミンがうなずいた。ハミンはイヤホンをはめており、そのイヤホンは小型ラジオにつながっていた。

「えーと……こんばんは、みなさん。何のみなさんだろ？　国民のみなさんかな？」

スンギュンはそんなふうに確信もないまま、無許可ラジオ放送をスタートした。

「私は、えーと、自分についてお話しするのはちょっと難しいんですが、えーと、それでこちらは、こちらはどちらなのかわかりません……。わかったらいいんですけど、全然わかんないんです、誰か聞いていてくだされば という気持ちと、誰も聞いてなきゃいいなという気持ちが半々です」

正規の周波数でない以上、聞いている人は何人もいないだろうが、殺人者を覚醒させる声が広範囲に流れているのだから小さな問題ではない。一目人たちはわかっているのだろうか？　図書館が収容所でいちばん危険な場所だということが。スンギュンは大学時代に偶然に見たパンフレットのような本のことを思い出し、それを購入してくれと申請し、申請は承認された。自由ラジオ局運動、もしくはコミュニティラジオ運動に必要な小規模基地局を建設する方法を詳しく書いたものだった。

『今夜はトーク・ハード』といった映画に出てくるほど有名だったアメリカの急進的メディア運動や、イタリアのボローニャなどで盛んに展開されたテレストリート運動に影響を受けたらしき国内団体の、流行を過ぎたパンフレットが手つかずで残っているとはスンギュンさえ期待していなかったが、これは天の助けというものだ。ポッドキャストの登場とともにこうした運動は寿命が尽きたも同然だったので、確かに思いもよらない手段といえるだろう。この本やその他の本で読んだことを応用して電波送出機をチョッキ一着に装着できるように圧縮したのが成果といえば成果だった。スンギュンにとってそれは武器であり、威嚇の道具だった。誰を威嚇するのかといえば……世の中を？

殺人者を目覚めさせる声で海賊放送が始まった。自分を阻止しようとして看守たちが駆け込んできたときにヨンソンが逃げ出せることを祈るのみだった。しっかり走ってしっかりしゃべらなくてはならない。入所以来一度も反抗らしい反抗をしたことのないスンギュンの行為が深刻に受け止められるように。走り出す前から、心臓が肋骨を開けて出てきそうだった。

「あらかじめ警告しておきますが、私の声が……皆さんの頭の中にある、ヒューズ？　ヒューズみたいなものを切ってしまうかもしれません。全員にそんなことが起きるわけではないでしょうが、けっこう多くの人に起きるんじゃないかと。でも六か月ぐらい聞きつづけてやっと効果が出るそうですから、一日ぐらいなら大丈夫ですよね？　電波がどんな影響を及ぼすかもわかっていませんが、もしかして今日、ちょっと腹が立ったりしたらがまんしてくださいさい。誰かにけがをさせたりしないようにね。他に、何を言えばいいかな？」

スンギュンは授業がうまい方だった。自己評価はもちろん、同僚たちや生徒たちの評価も高かった。伝えるべき情報は決まっており、それをちゃんと計画して、一回ではなく八回ぐらいくり返して話していると、流れるように言葉が出てくるようになった。強弱と高低が歌のように決まっていった。無許可ラジオ放送はそれとは全然違っていた。確かに前日、頑張って台本を書いたのだが、もう真っ白に消し飛んでしまった。

スンギュンはとうとう、そのしゃべり口調のままで歌を歌いはじめた。毎日最新の曲を練習していたのに、九〇年代と二〇〇〇年代の歌と授業で使っていたポップソングが次々に飛び出してきた。骨に刻み込まれている歌詞が。つかまえたい女の子じゃなく、逃がしてあげたい女の子がいたために起きたことなのに「彼女をつかまえて」を歌い、イチジクの木の鳥みたいな甘い声は出せないけど「Dream a little dream of me」を歌った。前置詞を教えるのに適した曲として毎年授業に取り入れていたため、息をするのと同じくらい簡単に流れ出てきた。

スンギュンが大股でうろうろし、ストレッチしながら歌を歌っているのを見ても、看守たちはそんなに強い反応は見せなかった。予想通りだった。大声で歌っているわけでもなかったし、チョッキについたマイクは目立たない。背中からアンテナ形の送出機がぴょっと飛び出してはいたが、色が黒だったので影に埋もれて見えなかったらしい。

歩哨に立っていた二人が遠くでちょっと議論をしているようだった。あいつ、こんな真夜中に何で変なチョッキ着て歌なんか歌ってるんだ、と話しているように見えた。結局、二人のうち一人が早くはない足取りで建物に入っていった。所長室に報告しに行くのだろうが、所長はギョンモの部屋にいる。ギョンモが選んだ種目は花札だそうで、夢中になりやすいことではいちばんだ。歩哨が所長室に寄ってからいちばん上階のギョンモの部屋まで行くまでには、ゆうに五分はかかるはずだった。

「世の中にばらまかれた愛ほどに」を歌いまくっているとき、ついに所長の命令が下りたのか、またはとうとう自主的に動く気になったのか、四人の看守がスンギュンの方へ走ってきた。スンギュンも歌を歌いながら気がふれたように走った。収容所の庭をジグザグに、怒鳴りながら、しかし一貫して死体の庭からは遠くへ向かって走った。

看守たちがスンギュンに襲いかかったときは「君の声が聞こえる」を声の限りに歌っているところだった。全国の殺人者たちに届いたかもしれない海賊放送が始まってから十一分あまり経っていた。陰の中にいたハミンが飛び出してきて、スンギュンの後を追ってきた看守何人かにタックルをかけたが、あまり成功したとはいえない。ともあれその疾走は、収容所サイドにランニングマシンの設置を後悔させる程度には長かった。設定していた目標以上だった。スンギュンは幸いコンクリートではなく芝生に顔をぶつけてころんだが、その真っただ中でもヨンソンがちゃんと脱出したか心配する余裕があった。

看守がスンギュンのチョッキを乱暴に脱がせた後、めちゃくちゃに踏んで壊した。肩が脱臼しそうだった。

「今ここにいないメンバーを確保しろ！」

玄関に立った所長が巨人のようにりんりんと鳴り渡る大声で叫んだ。白目が大きくなっている。それまで隠していた顔が現れたというわけだが、そんな所長に圧倒されはしなかった。スンギュンは土を吐き出しながら、粉々になった部品を淡々と眺めた。一つの方法が通用しなかったら、また他の方法を探せばいい。何としてでもヨンソンを脱出させせなくちゃ――強い意思は無感覚に近い平常心として感じられるということに初めて気づきながら、スンギュンはそう思った。

「あいつを、あいつを閉じ込めてしまえ」

礼儀正しく「ヨ先生」と呼んでいた所長が、苦虫を噛みつぶしたような顔で言った。

＊

スンギュンは地下に閉じ込められた。収容所内に本当に鉄格子の窓がついた部屋があることが確認できた。ハミンはどこに入れられたのか、呼んでも返事がない。別々に収監されたらしい。時計がなかったが、日に三度出てくる食事で時間の流れはだいたい想像がついた。食べものはお話にならなかった。同じ食堂で同じ人たちが調理しているはずだが、わざと質を落とせという命令が出ているのではないかと疑ってしまう。何らかの合意が崩れたわけであり、それを壊したのはスンギュンなので不満はなかった。とはいえ食べものに栄養価がないわけではないだろうに、歯ぐきがゆるんできたような気がする。日光に当たっていないからかもしれないし、取り押さえられたときに歯がぐらついたのかもしれない。どっちだろうと、どうでもいい。

他のすべては問題ではなかった。ヨンソンがどうなったかだけは、誰か教えてくれないかと思った。トンネルを這って抜け出せたかどうか、スンギュンは本当に知りたかった。軽いヒントぐらいくれてもいいのにと思ったが、看守たちは針一本ほどもつけいる隙がないようだった。ハミンとギョンモがどのくらい嫌疑を受けているのか、スヒョンがちゃんと帰れたかどうかも気になる。子供は子供としての対応を受けるべきなのだ。もしやグールだからと差別して過酷な対応をしているのであれば、黙ってはいない覚悟だった……。

食事が出てこない時間、夜だと思われる時間にスンギュンはときどき肌がかゆくなった。ゴマみたいな虫が耳のまわり、背筋、腿の裏側を這い回っているような感じだ。良心の呵責のせいかと思っていた。もしかして、あのラジオ放送が誰かのスイッチを押してしまったんじゃないか。殺意を目覚めさせてしまったんじゃないか。

「そんなはずないよな?」

閉じ込められていると一人言が増える。

「そんなはずないよ」

六か月以上スンギュンの声を聞いた後で覚醒したと聞かされていた。あの十一分はあくまで威嚇用であり、実際の効果はなかっただろう。ラジオが何か別の効果をもたらすこともありうるが、その可能性は薄いんじゃないだろうか? でも怪物たちはいつも希薄な可能性の中に存在してきた……。もしもスンギュンがもっと放送向きの教師で、教育放送で講義でもしていたらどうなっただろう? 平行宇宙でのさらにむごたらしい展開が夜ごと、頭の中で盛んに広がった。スンギュンは鳥肌が立ってきて、肌のポツポツをずっとかきつづけた。

地下から解放されたときはもう見る影もなく、どう見てもテレビに出られるような容貌ではなかった。

「うわー、ほんとに収容所顔になっちゃいましたね。頬がこんなにこけちゃって」

ハミンが、ゼリーの詰め合わせが入ったかごを差し出しながら気の毒そうに言った。

「ヨンソンさんは出られたって聞きましたけど、詳しく話してくださいよ」

所長はその事実をスンギュンに伝えるとき、くるみを握りしめて手の力だけで割っていた。追加の質問ができるムードではなかった。

「あの人は問題なくちゃんと外に出られました。体力が低下してたから、時間はかなりかかったみたいです。共同墓地の方で待っていた人たちがピックアップしたとき、看守はずっと遠くまで行ってたそうですよ。トンネルがあるとは想像もしなかったでしょうし、夜遅く決行したのもよかったんでしょうね」

「ハミンさんは大丈夫だった？」

「僕は二日ぐらい四階に監禁されたけどすぐ出られました。ギョンモおじさんは警告程度ですんだし、スヒョンは二十四時間監視されてはいるけど、監禁はされてません。兄貴のカラオケセットと僕のゲーム機と、ギョンモおじさんのビリヤード台とスヒョンのＤＶＤコレクションはそっくり持っていかれちゃったんだけど、ちょっとひどすぎるんじゃないですかね？」

ひどいかな？　スンギュンは乾いた唇で聞き返した。

「僕が補欠選挙のときにも頑張るのと引き換えに、外でずいぶん工作してくれて、所長の懲戒処分で幕引きになったんですよ。所長にとっちゃ怒り心頭ですよね。兄貴、所長の一目が何だったと思います？　今回のことでわかっちゃったんですよ……」

所長の一目はアフリカ西部の何か国かでとれる木の実で、油の形態で摂取するのだが、所長以外は誰も食べたがらないほど苦くてまずいので、木自体が他の作物に押されてほとんど絶滅寸前だという。政府は、国内に搬入されたその木のための温室と庭師、特別に考案された圧搾機を提供していた。所長自身が温室に出入りすることはできず、分期ごとに油をもらうのだが、脱出事件によってその油の量が半分に減らされたのだそうだ。その腹いせに収容者の嗜好品や娯楽品をごっそり取り上げたのだ。

たぶん一目人の基準では最高に残酷な報復なのだろうが、そしてハミンはかなり傷心のようだったが、スンギュンの立場ではラッキーと思えた。スンギュンは暴力には耐えられなかった。棍棒を持たない看守がふるういっそう巧妙な暴力には順応してしまったが。ヨンソンは無事だ、もう病気じゃないんだ、当分は死なないんだ、元気になるだろう、外の世界を歩き回れるんだ、だからもう歌えなくてもいい……。スンギュンは収容所を見回して、ヨンソンがいないことが嬉しかった。嬉しいことは嬉しいのだが、ちょっと鈍い嬉しさだった。スンギュンがこの鈍さを分析するにはもう少し時間がかかった。

一か月以上まずい給食を食べなくてはならなかったが、所長の意地悪はやがて終わり、すべてが元通りになったようだった。一目人たちは融通がきかないが、あまり根に持つ方ではないらしい。変化があったとすれば、ギョンモがマッツ・ミケルセンスタイルをやめて道士のような白いひげを伸ばしはじめたこと、逆にスヒョンが自分で髪の毛の結い方を覚え、下手なりに何度かチャレンジした後、いつの間にかジャマイカ出身のグールみたいなレゲエスタイルになったこと。

その二つを見るたびにスンギュンは、完全に元通りになることはないのだと気づいた。どんなに時が過ぎたとしても、収容所をヨンソンが来る以前に戻すことはできなかった。怪物たちは、毛の手入れをするたびにヨンソンを思い出していたから。

*

「声帯除去手術を受けます」

スンギュンが面談を申請したときから所長は気づいていたらしい。優しく目で笑いながらうなずいた。

「決心なさったんですね。ええ、手術の日取りを決めましょう」

しかも、理由を尋ねもしない。聞かれたら、どうしても会いたい人がいるからだと答えようと思っていたのに。

ひょっとしたら、ヨンソンに対して感じる気持ちは中毒の一種なのかもしれない。そんな疑念が湧かなかったわけではない。ヨンソンが何らかの新種の怪物であり、怪物の中の怪物であるがゆえに彼らを支配できたのだとしたら……。自由を取り戻すために、無意識にみんなを中毒させた可能性は確かにあった。収容者たちは一度も頼まれていないのに、自発的に動いたのだから。

だとしてもあの顔をまた見られるなら、こんどはちゃんと見ることができそうな気がした。たった一度向かい合って見ることができたら、永遠に忘れないだろうと。

「助けてくれたことはありがたいけど、私は先生に対してそんなふうに感じたことありません」

「お話ししたじゃありませんか？　ずっと恋人はいたんですよ」

「先生は声が魅力だったのに、何で私のためにそんなことを……」

「私にも想像がつかなかったんですけど、先生のせいで殺人者になっちゃったんですよ。拘置所に面会に来てくれますか？」

「私と先生が会うことは法で禁止されています。私たちには未来がないんです」

「あのときこっそり私の手を握ったりしていやらしい。私が気づかないと思ったんですか？　私は先生みたいな人、大嫌い」

「あっ、私、レズビアンなんですよ」

「年下が好みなんだけど……。先生じゃなくてハミンさんが来てくれたらよかったのに」

ヨンソンが言いそうな拒絶の言葉の数々を、世界が終わるまで思いつきそうだった。だが、拒絶の返事だとしてもよかった。スンギュンはチャンスが欲しかった。

＊

手術の日取りが決まり、簡素な送別会が開かれた。所長の配慮でビールが三缶ずつ出て、その上未成年者のスヒョンの分まで出たので、残りの三人はもう一缶ずつ飲むことができた。久しぶりに返してもらったカラオケセットは一、二時間務めを果たし、その後はBGMを流した。

「怪物にも種類があるだろ。ここから出ていける怪物と、永遠に出ていけない怪物……。前者でどんなによかったか、君にわかるかな。俺はたぶん死んでも出られないだろう。完全に燃やされて密封されて、危険廃棄物と一緒に保管されるんだ。もしも灰が飛び散って珍しい病気にでもなる人が出たら大変だからな。心の底からうらやましいよ。手術が成功するといいな」

　ギョンモが、伸ばしたひげと同じぐらいの正直さでスンギュンに言った。

「そうですよ、兄貴。僕もいつか兄貴を追いかけて出ていくかもしれません。かつらの技術があと一歩でも二歩でも進化したら、そのときにね。そしたら絶対会いに行きますから。行ってもいいでしょ？　僕らは収容所メイトだもんね！」

　スンギュンは笑いながらハミンと拳をぶつけた。大韓民国の政財界の進む方向さえねじ曲げることができる人物が秘密収容所在住の二十歳だなんて、誰が想像するだろう。スンギュンは初めて収容所に入ってきたとき、自分以外の収容者は世の中を狂わせたのだと思った。今またここから出ようとしてみると、世の中はもともとすごく異常な場所であり、彼らがそこにプラスしたのは単に、微量の狂気だけだという気がした。

　いちばん気になるのは小さなグールのことだった。スヒョンは髪の毛を結う技術を応用して、色とりどりの糸で幸運のブレスレットを作り、自分でスンギュンの手首につけてくれた。曲がった指の先の鋭い爪が手首を引っかいたとき、スンギュンは顔に感情を表さなかった。ブレスレットはできが粗くて、濡れた土の匂いがしたが、これからスンギュンの宝物になるだろう。

「一つだけ約束してください」

涙ぐんだのがばれないようにと苦心していたとき、スヒョンが言った。スンギュンは何でも聞いてやろうと思った。

「後で、亡くなったらね。火葬なんて無駄なことはしないで、微生物カプセルなんていう怪しいものも使わないで、そのまま土に埋まってくださいね。どうしても気になるなら薄い木の棺桶にして、布一枚ぐらい巻いて」

「おお……そうか。お安いご用だよ」

「私はここでまあまあ暮らしていけるけど、外で保護されずにおなかをすかせている友達のことを考えると胸が痛むんです」

スンギュンはちょっとあわてたが、スヒョンの真意は、同い年ぐらいの子が食料不足の国の子供のことを思って言うのと似たようなものだと思って聞いてやった。

「それで、外に出たら何がいちばん変に思えそうですか?」

ハミンが尋ね、スンギュンはちょっと考え込んだ。

「うん……出てって、もしここがソウルだったら、それがいちばん変な気がするでしょうね。ソウルとか、僕がすごくよく知ってる、慣れ親しんだ都市だったらね。もちろん、収容所側で位置がばれるような情報を提供するはずはないけど」
「ああ、どんな感じかわかる気がしますよ。ここが本当は人里離れた場所じゃなかったら……変な気持ちでしょうね」

近づきたいのか遠ざかりたいのかわからない気持ちで、スンギュンはうなずいた。じっと座って、ヨンソンの脱出後、二倍に明るくなったサーチライトと、その後ろに広がる暗闇を眺め、収容所の最後の晩を過ごした。

*

手術用の照明で、閉じたまぶたの中が真っ白になった。毛細血管がナビゲーションのように一瞬光った。その中でヨンソンを思った。いつだったかの夕方、ヨンソンは収容所の庭のベンチで、ビールたった二缶で酔っ払い、ゆっくりぐるぐる回っていた。ギョンモから夕バコを奪い取り、吸いはせず、頭の上に持ち上げて空中に煙で絵を描いていた。またはは文字を書いていたのかもしれない。それは踊るような動作で、見ている間ずっとスンギュンはタバコの灰がヨンソンの体に落ちないか心配だったが、そんな心配は杞憂で、灰は落ちなかった。まるで収容所も世界もヨンソンを愛していて、タバコの灰さえ触れないようにしてやっているみたいだった。本当に不思議な存在。宇宙の邪悪な歯車につぶされることのない、ふわふわした存在。

ヨンソンに会いに行こう。会いに行ったら、あの不思議な顔に不思議な表情を浮かべるだろうな。手術台は冷たく、ひょっとしたら医師は医師ではなく、政府が送り込んだ人間で、手術するふりをしてスンギュンを殺すのもしれなかったが、スンギュンは微笑を浮かべていた。麻酔薬が入ってきて、数字を逆から数えろと医師が言ったとき、スンギュンは思いもよらない言葉を残した。

もしかしたら、愛の一目人であるみたいに。

あぶくになる覚悟を決めた人魚みたいに。

「声をあげます」

七時間め

　現代史の授業はリアルタイムで受講しなくてはならなかった。他の授業とは違って、受講者の集中度も情報への反応も細かくチェックされる。アラは何となく不自由な気がした。ちゃんと聞いている証拠に上半身をちょっと前に傾けたり、わざと表情を作ったりしなくちゃいけないみたいだったから。だが、その方針の意図自体は理解できた。大絶滅以後、同じ失敗をくり返す余裕はないという合意が全地球規模で成立している。現代史、特に生命権に関する部分が最重要科目になったのはそのためだ。アラはできるだけ楽な姿勢を取ろうと努めた。

　つまり、六回めの大絶滅以前の人々も生命権という概念を持ってはいたのです。ようやく考えはじめたという段階でしたが。人間とともに暮らす動物たちを傷つけるのはやめよう、毛皮を着るのをやめよう、また、当時はまだ食生活の中心だった肉食を減らそうと考える少数の人々から、最初の提議が出されました。

友達が何人も、きもちわるーいという反応を送ってきた。わかった、わかったからもう送らないでとアラも返事する。二百年前の人たちは、嬉しいときにも慰めが必要なときにも肉をおごったのだそうだ。「肉をおごってくれる友達がいい友達」と言っている昔の映像資料を見て絶句してしまった。料理番組の資料はグロの極みだ。人々がありとあらゆる動物をありとあらゆる方法で食べている。今の人たちとそんなに違わない顔をして。

「培養たんぱく質がなかった時代だもん。あってもすごく高かったし。集団の文化を個人が引っくり返すには無理があったんだよ」

「だけど二十一世紀の人たちが牛や豚の代わりに昆虫でも食べてくれたら、せめてミルワームでも食べてたら……」

「ミルワームに何の罪が？　種差別じゃん、それ」

「それはそうだけど、その程度でもやってたらあんな破局は来なかったかもしれない」

「革や毛皮よりましな素材がいっぱい作られてたのに、まだ動物を殺して着てて、一、二年着たら捨ててた人たちなんだよ。何が可能で何が不可能かは技術の問題じゃなかったんだよ。世界観の問題だったんだ」

いちばん親しい友達のミジョとはこういうことをしょっちゅう話す。ミジョは昔の人たちに対して友好的な方じゃないかなとアラは思う。

「ねえ知ってる？　今の食べものと名前が同じでも、味はかなり違ってたんだって」

ミジョは昔の食べものの味を知りたがっていたが、アラはあまり関心がなかった。昔の食べものといちばん似ているのは、記念日に出る再現料理だろう。新しい材料で伝統的な食べものを可能なレベルまで模倣したというものだが、それさえアラの口には刺激が強すぎた。昔の人たちはなぜそんなに毎日、病気になるようなものを食べていたのか、理解できない。アラはふだん食べている献立が好きだった。個人の健康状態に完璧に合わせて提供され、しかも飽きない味だった。何物にも危害を与えず、汚染せずに生産された食料の、優しい味……。二百年の間に、求められる味が変わったのだ。


水温上昇と海水の酸性化によって全海洋のサンゴが溶けてしまったのは二〇五〇年ごろのことでした。すべてのものが海から始まったように、絶滅も海から始まりました。魚類の六十五パーセント、爬虫類の四十パーセント、両生類の七十八パーセント、鳥類の五十五パーセント、哺乳類の三十四パーセントが二十一世紀の終わりごろまでに絶滅しました。どれほど多くの昆虫と無脊椎動物が消えたのかは推計すらなされていません。植物についても同様です。

今後どのような軌道を進むことになるかは二十世紀中盤からわかっていたにもかかわらず、百五十年にもわたって止められなかった結果がそれだったのです。こうして、三十八億年の進化の結果が二十世紀と二十一世紀に消えました。人類は見ているだけでした。

そして二〇九八年に、人類も危機に瀕することになります。その年に何が起きたのかについてはいまだに意見が分かれるところです。生き残った渡り鳥が混乱に陥って移動経路を変え、初秋には異常気候によって深刻な洪水が起きたため、特定の蚊が従来よりはるかに広範囲で活動するようになりました。また、そのときまで残っていた工場式の畜産農場も一定の役割を担ったでしょう。西ナイルウイルスの変種は渡り鳥、家禽類、蚊、豚などを経て増殖したものと推定されます。それまで西ナイルウイルスは局地的に死亡者が出る疾病であり、健康な人は風邪のように軽く罹患するだけで、免疫力の低下した患者だけがときどき脳炎で死亡することがありました。二〇九八年に激しい突然変異が起きると、感染者の脳は一瞬にして溶け落ちてしまいました。一九九六年にルーマニアで起きた事例よりはるかに致命的な病種であり、ヒト－ヒト間の伝染が始まり、最初の発生地が航空上のハブである都市だったため、全世界に広がるまでにそれほど長くかかりませんでした。最多の死亡者を出したアジアの独裁国家がＷＨＯに対して発生を隠していたことも状況を悪化させました。その国は貿易が打撃を受けることを憂慮したそうですが、現在、その国は消滅しています。ワクチンができるまでに人類の三分の一が失われました。

三分の一を失っても八十億以上が残った。百二十億のうち四十億が死んで八十億。生き残った八十億が戦争を始めた。それは、かつてなかった種類の戦争だった。武器を持たない市民たちが、政府と、そして何より企業と戦うことを決心したのである。アラは残酷な時代を生きたその八十億人に畏敬の念を感じた。悲しみの中で、前と同じようにまた人口を増やすこともできたのに、そうはしなかったのだ。

人々は目覚め、はっきりと発言しはじめた。西ナイルウイルスが、そして鳥や蚊が人々を殺したのではないと。この期に及んでも、成長のみを目指して暴走する体制のままでやっていこうとあがいている企業が、資本が、政府が責任を負うべき問題だと。エコロジーはついに、嘲笑の対象ではなく普遍的な価値になった。死んで落ちてきた鳥が描かれた旗のもと、ほぼすべての国にストライキと市民革命が広まっていった。

「もしもそのとき宇宙移住計画が立て続けに失敗しなかったら、体制変革は成功したかな?」

その疑問は興味深いとアラは思った。宇宙移住の失敗による困惑が期せずして市民革命を成功させたのは、歴史においてしばしばくり返されてきたアイロニーである。どこにも行けなくなったことがはっきりして初めて、人々は、この小さな惑星の価値を再発見したのだ。

地球の脅威とならない適正人口は二十五億とされ、国家ごとに人口の上限を設定して尖鋭な協議が行われました。資源循環の構造や経済構造を完全に変えなくてはならず、より効率的に転換できた国が相対的に早く安定しました。エコロジーとフェミニズムは、互いに嚙み合って稼働する歯車のように機能しました。かつては村の片すみで悲鳴を上げる魔女のように扱われていた人々が、最後にみんなを救ったのです。

人工子宮と、バイオフィルム型の避妊器具の普及が技術的に歩調を合わせました。望まない妊娠が地球上から消えました。人工子宮については制度的に多様な角度からのアプローチが行われましたが、やがて、管理は政府が担当し、使用は個人によってのみなされるように制度が整備されました。人工子宮を利用したいと考える人は、養育者教育機関に登録して能動的な生命権教育と人権教育を受けることになりました。冷凍庫や山中で子供の死体が発見されるような、虐待と殺害の時代は終わったのです。こうして社会はついに、トラウマなき市民を育て上げました。

厳格な基準を設けたにもかかわらず養育待機者が増えすぎると、推薦書制度が導入されました。わが国は推薦書制度を初めて導入した国のうちの一つです。

推薦書と呼ばれているが、実際には権利譲渡の覚書に近いものだった。非出産を選択した人が出産を選択した人のうち一人を選び、地球の資源を使う権利をプレゼントするのだ。その譲渡が自発的なものであり、取り引きの結果ではないことを確認するために膨大な行政力が動員された。十数段階の認証手続きを経て、三人の推薦を受ければ待機順序が早まる。推薦書の存在を知った後、アラは養育者のテイに、推薦書を集めるのは大変じゃなかったかと聞いたことがある。

「それがねえ、集めなくても集まったんだ。みんな自分の方から先に推薦書くれようとするんだもん。すごく嬉しくて、それであなたを招待することにしたんだよ」

世界に招待するという表現を使うのが面白いと思う。

「パートナーが欲しいと思ったことない？」

「ないなあ、いっぺんも」

政府が養育を支援し、家族制度がおぼろげになっていくと、養育者が一人の家庭が九十パーセント近くなった。テイは父母という単語も拒否し、アラには名前で呼んでくれと言っていた。

「じゃあ、アラはテイの遺伝子で生まれたの、じゃなきゃ共同体の遺伝子で生まれたの？」

「それ、気になる？」

テイははっきりと答えなかったが、アラは、自分は共同体の遺伝子で生まれたのだろうと想像していた。大絶滅以後、人類は長く引き継いできた遺伝子を恥じるようになっていった。そして、あのようなすべての破局を呼び寄せた攻撃性と利己心を受け継がせることを拒否した。そこで、種の多様性の保護に寄与できるとりわけ利他的な人々の遺伝子が、やはり複雑な手順を経て集められた。多くの人々が自分の遺伝子ではなく匿名の共同体遺伝子を望んだ。自分と似ている相手ではなく、似ていない相手を愛する方法を学びたいと望んだ。テイもそうだったはずだ。

適正人口に近づいたころ、世界じゅうで都心部の圧縮が行われました。完全に自給自足的に機能する都市が設計され、人類の生活空間は縮小されました。残りの面積を自然に返還することにしたのです。私たちの期待にも増して、植物がその回復領域を飲み込むスピードは急速でした。森が広がっていく速度を驚きとともに見守る時間でした。今や、消えたと思われている種がそこで再発見されることを、人類の妨害を受けずに当然進むべき道を進んでいくのを見守る日だけが残されています。

次の時間は討論だった。都心の圧縮のために発生した移住民たちへの補償は適切だったのか、共同体遺伝子の使用と二十世紀の優生学はどのような面で違うのか、攻撃性を除去しすぎた人類が絶滅に向かうのではないか、現在の政治体制は民主主義的ではなくエコ独裁だという意見をどう受け止めるべきかなど、デリケートなテーマで話さなくてはならない。アラは主張を展開する方向を議論しておくために、ミジョと会うことにした。

約束の時間まで余裕があったので、生態ストリーミングチャンネルをオンにした。人間たちは回復領域からただ撤退したのではない。無人観測所がリアルタイムで情報を収集しており、地球のどこからでもその情報に接続することができた。小さな動きがあればセンサーが反応した。アラはセンサーが見つけたのがモモンガだということに気づいた。モモンガが生き残ってよかったと思う。モモンガのために死ぬこともできそうだと感じた。蛾とかカメムシみたいな、モモンガより小さくて取るに足りない、きれいでもない種のためにでも。もしかしたら人類は本当に緩慢な自殺を選んだのかもしれないが、それはそれでいい罪滅ぼしなのだろう。

「春休みはどこに行きたい？」

テイがアラの後ろで一緒にモニターを眺めながら尋ねた。

「高架の端っこまで歩いてみたいな」

「チケット、予約するね」

回復領域を展望できる、長くて狭い高架があった。足元には果てしなく森が広がっているはずで、森の木陰では、かつては普通にいたが今では稀少種となった生物たちが、アラには聞き取れない音を立てているだろう。それがアラに語りかける言葉ではなかったとしても、アラは存在感を消して、聞き取ることにだけ集中するつもりだった。

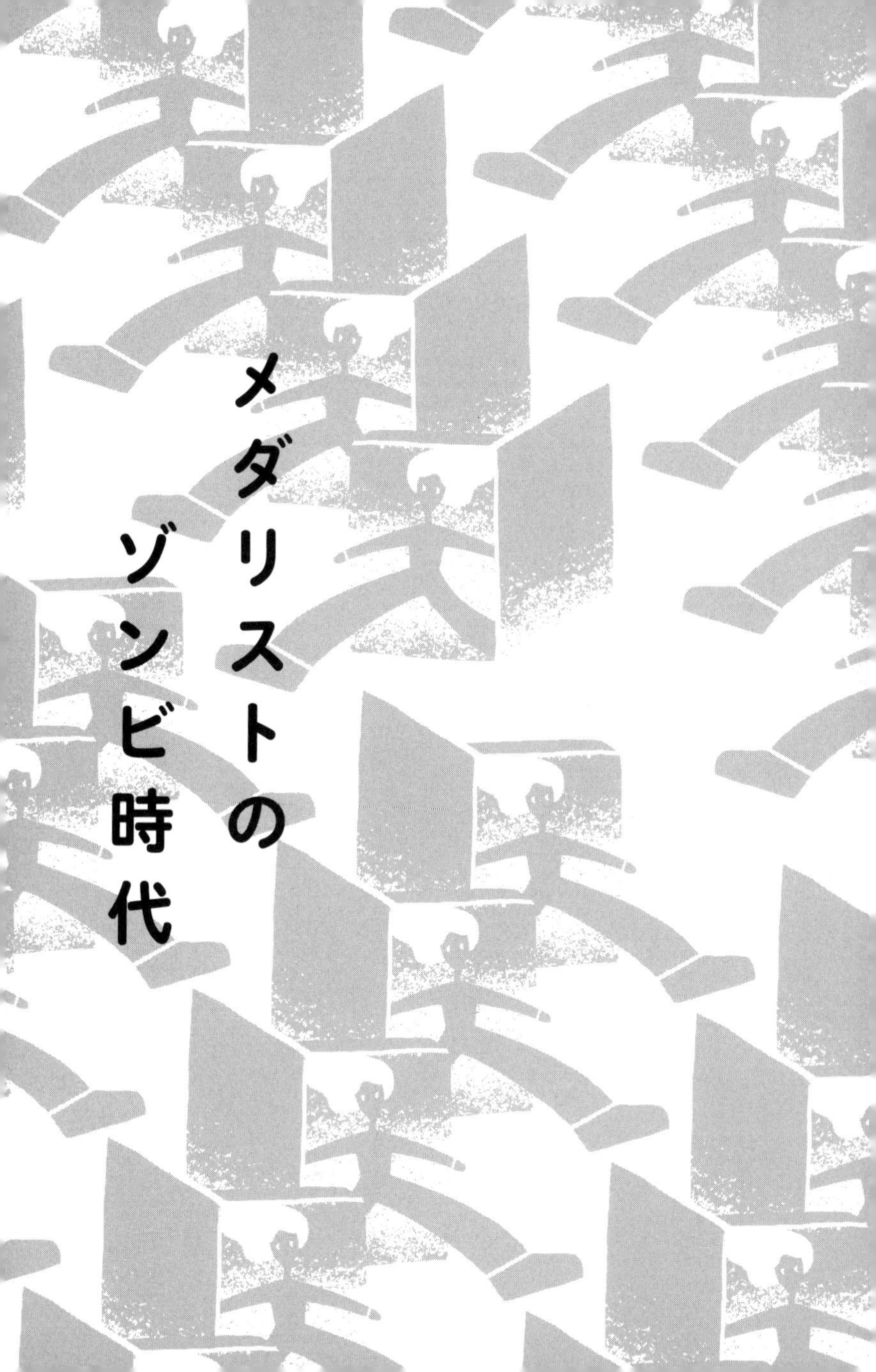

メダリストのゾンビ時代

ジョンユンは全国体育大会やユニバーシアードのアーチェリーのリカーブ個人戦部門でメダルを獲得したメダリストだったが、そのことがジョンユンの生存に大きく寄与したわけではなかった。それよりも、経済的困窮がジョンユンを生かした。貧しさがゾンビ時代の徳目になるとは、誰が予想しただろうか？

大学を選ぶとき、体育教育学科が有名なソウル所在の私立大と、アーチェリーの奨学金がある地方の国立大の社会体育学科から後者を選択した。本当のところ、アーチェリー部そのものでいえばソウルの大学の方が有名だったのだが、全額奨学金は抗えない誘惑だった。ずっと寮で生活し、寮がリノベーションされることになったため、屋上部屋（建物の屋上にさらに架設した部屋で家賃が安い）を借りた。お金があって新築のワンルームマンションを借りていたら、結果は違っていたかもしれない。

「あんたの弓は重すぎるよ。四十ポンドどころじゃないよね。あんまり考えすぎちゃだめだよ。何で家族全員を食わせるためにアーチェリーやらなきゃいけないの？　もうそんな時代じゃないのに」

　部の先輩はジョンユンを思って忠告してくれたのだろうけど、ジョンユンとしてはどうしようもないことだった。そんなふうに弓にのしかかっていた家族たちと連絡が途絶えてもう六十八日め……。弓が軽くなったかといえば、見当がつかない。世界の変化がひりひり痛すぎて、もう何の見当もつかない。オリンピックに出られないまま死ぬんだろうか？オリンピックはまた開催されるだろうか？　他のことを考えないですむように、オリンピックについて執拗に考えた。

　いずれにせよ、ソウルを選んでいたとしたら今ごろはもうとっくにゾンビの群れに食われてしまっていただろう。人口と発症率は比例するからだ。それとともに、屋上部屋でなかったらやっぱりもうおしまいだっただろう。古い建物だから、階段に分厚い鉄の門が二つもついていたのだ。ジョンユンだけではなく多くの生存者が屋上部屋の居住者だった。彼らはときどき屋上でわめいたり泣きじゃくったり、脱出を試みて死体の海に飲み込まれたりした。

＊

地の底で、地獄の軍士全員がいっせいに弓を引いた……。ジョンユンはこの初めての事態を、そんなふうに想像するしかなかった。この現象は二か月前に地球規模で起きた。人口の三分の一がゾンビになり、三分の一がその日のうちに殺害され、残りの三分の一は一握りになるまで逃げ惑った。そして、その一握りは状況を全く改善できないままだった。なぜある者はゾンビになり、ある者は発症しなかったのかという説明すら聞いていない。非常時ニュースは何日もしないうちに止まった。放送局一か所ではいまだに放送が続いていたが、ゾンビになったアナウンサーたちがおしゃれなネクタイをそのまま締めていた。

一つよかったのは、ゾンビの数が大きく増えてはいないらしいことだ。観察してみると、ゾンビは誰かにぱっと嚙みついて放してやることはない。内臓を食べ、骨髄をすすり、食らいつくす。嚙まれた人が逃げたりするのは、映画の中でしか起きないことらしい。屋上のキャンプ用椅子に座ってゾンビの数を数えてみたところ、大きな変動はなかった。のその歩き回るゾンビを数える要領も身についてきた。だから、希望を捨てたくても捨てられなかった。あいつらが増えていない以上、状況が変わることはありうるのではないか？もしかしたら他の地域や他の国では事態が鎮静化しているかもしれないし、どこかの国から援軍みたいなものが来るかもしれない。来るとしたらヘリコプターに乗ってくるはずだから、ジョンユンは屋上から必死で手を振ることになるだろう。

ヘリコプターの音が聞こえないかと、いつも耳をそばだてていた。うたた寝するときでもいつでも。夢から覚めて駆け出したことも一度や二度ではなかった。

*

電気と水道はまだ使える。もしやと思っていろいろな容器に水を貯めておいたが、いまだに蛇口がカラカラ回るのを見るとつくづくありがたいと思う。ゾンビたちは動物にしか関心がない。まずは人間を、その次は犬や猫たちを、最後にネズミや虫を食べた。たぶん、牛がいる村では最初に牛がつかまって食べられたのかもとジョンユンは推測した。とにかく、電信柱や水道管には全く関心がなかった。食べられないものを倒したり壊したりはしない。ゾンビたちはあんまり戦略的な存在ではないのだ。電気と水道がまだ使えることに大いに期待したこともあったが、一か月くらい経ったとき、それは単に自動システムがまだ作動しているだけのことで、管理者が残っている証拠ではないと気づいた。水道水の味が微妙に変わったからだ。日によってミズゴケの匂いがしたり、鉄の匂いがしたりして、少しずつ変化していた。

　ひどく気になる味ではないし、フィルターつきのポット式浄水器にかけて電気ポットで沸かして飲むのでおなかを壊したことはない。入浴の仕方も大きく変える必要はなかった。むしろ、前よりよく入浴していた。以前はお湯がすぐに止まり、シャワーの途中で冷水を浴びせられることがよくあったが、下の階を歩き回っていたゾンビたちがもうシャワーを使わないので、いつでもお湯が出る。

　電気ポット、電気プレート、加湿器、アイロン、ドライヤー、ヘアアイロン、ノートパソコン、電話機があった。髪を洗った後、ドライヤーとヘアアイロンを余裕を持って使うことができた。寝る前に洗うときは疲れのせいで、起きてから洗うときは早朝練習のためにざっとしか乾かしていなかったが、何年ぶりかで完全に乾くまで乾かすことができた。しまい込んでいたヘアアイロンで毎日、髪の毛をまっすぐに伸ばした。一日に十五分でも集中できることが必要になって始めたのだが、何度もくり返すうちに敬虔な気持ちになってきた。人が死んだらいちばん長く残るものの一つが髪の毛だっていわなかったっけ？後で誰かに発見されたとき、骸骨に矢のようにまっすぐな髪の毛がついていたら、発見した人は理解するだろう。ジョンユンが最後まで生きようと努力したことを、あきらめなかったことを……例えば授業のときに習った、「尊厳」を守ろうとしたということを。

だが、尊厳というものはきちんとそろった髪の毛なんかで守れるものではなさそうだし、もしかしたら虚栄心なのかもしれない、すべてが腐敗していく世の中で、一人だけまっすぐなままでいたいという気持ちも……。意識はどうにでも流れていって、とんでもないところにたどりつき、尊厳とか、その他のなじみの薄い単語の間を漂流した。学ぶことは嫌ではなかったし、もっと学びたかったし、それを邪魔しているのはアーチェリーの練習だと思っていた。こんな破局に影響を受けるとはまさか思っていなかったから、ジョンユンは失笑した。

一日でいちばん重要な日課は、相変わらず練習だ。ジョンユンの練習用の矢は三十六ポンドで、試合用の矢を学校に置いてきたのがつくづく残念だったが仕方ない。古い練習用の矢は中学時代に貼った芸能人のシールが恥ずかしいけど、それなりに使いものにはなった。はがすとべたべたしそうで貼ったままにしておいたのだが、犯罪を犯して引退した芸能人だったので見るたびに嫌で、親指でこすった。矢をつがえて、七十メートル内に入ってきたゾンビの頭を射る。一日に一人だけ。

憎い方から先に射るつもりだった。体育学部だからといって団体で罰を与えたり暴力をふるったりしたバカな先輩たちとか、お酒の席でジョンユンの耳をいじった教授を。だが、実際にジョンユンが射ったのは逆に、好感を持っていた相手だった。尊敬していた教養学科の講師、姉妹同然につきあってきた同期たち……。ジョンユンはその人たちの変わり果てた姿に耐えられなかった。

世の中のどこかにものすごく頭のいい科学者か医師が残っていたとしても、治療薬を作れないことは明らかだった。もうあんなに肉が腐っているのに、どうやって元通りにできるだろう？ 好きだった人たちをまともな矢で終わらせてあげることに悔いはない。矢がなくなると、クリーニング店の針金ハンガーを広げて曲げて粗末な矢を作った。洋服かけにはそういうハンガーがいっぱいあり、どうしても命中率は落ちるが、ないよりはましだった。嫌いだった人ほど残しておいて、とても耐えられそうにない日に射った。目標とルーティンがあってこそ生きていけるというものだ。人間は、特にアスリートは。たった一本残った矢には別に持ち主がいた。きちんきちんとたたんでおいた服の上に、宝物のように載せてある。

今日もジョンユンは屋上に上って死んだ者の数を数える。最後にソウルに行ったときに買ったバケットハットを深くかぶり、日差しを浴びて、的がよろよろと七十メートル内に入ってくるのを待った。

＊

一階の鉄の門をたたく音がする。

十一時ごろになるといつも、規則的に。ジョンユンは携帯電話のスピーカーのボリュームを最大に上げる。ストリーミングサービスがまだ生きていることが信じられない。新しい歌はアップデートされないが、存在していた歌はずっと存在している。いつまで聴けるだろうか？　バグが起きるまでだろう。ストリーミングサービスを共有していた友達はみんな連絡が途絶えた。それでもサブスク料金の自動引き落としは続いており、ジョンユンは複雑な申し訳なさを感じたりする。無視するために布団をかぶって歌を聴く。二十分ぐらいがまんすれば音は止まる。初めてゾンビ化が起きた日からずっとそうだった。

門の向こうにはスンフンがいる。

だが、その存在をスンフンと呼ぶべきなのか、ジョンユンはいつも変な気分だった。どうしてスンフンはゾンビになった後もずっと、同じ時間にジョンユンに会いに来るのだろう？　あの日ジョンユンに会いに来る途中にゾンビになったことはわかっているが、最後にやっていた行為が今でもこうして影響を及ぼしている理由は全くわからない。他のゾンビたちの場合も、動きにかすかなパターンのようなものが見て取れることがあった。ジョンユンはそんなものを観察したくなかった。いっそ矢を放ってパターンを壊してしまいたかった。
　何度か、ジョンユンは門の鉄格子のすきまからスンフンと顔を合わせた。ジョンユンがゾンビに対してあまり恐怖を感じないのは、スンフンのおかげだった。スンフンは門をよいしょっとこじ開けたりするような特別な身体能力を見せたりはしなかったし、その上、関節の部分が腐ってだんだん弱っているようだった。ゾンビは何を食べても消化されたり新しい細胞を作ることはできないらしいのに、なぜあんなに食べたがるのか理解しがたい。ただ、スンフンの腐り果てた膝関節を目安にして、残りの食料がいつまでもつか見積もるだけだった。

「結局、あんたたちの膝が先に腐るか、私のツナ缶が先に切れるかだな」

　スンフンはジョンユンの言葉を全く理解できなかったが、ジョンユンの声を聞くとなおさら強く門をたたいた。

「あんたたちが歩けなくなったら、または這えなくなったら、私は這いつくばったあんたたちの間をすり抜けていくよ。ここから出ていくんだ。この状況が終わって最初に開かれるオリンピックに出るんだから。生き残った人たちのオリンピックに」

　教授陣への秋夕（チュソク）（陰暦八月十五日。中秋節）のお届けものとして買っておいたツナ缶セット八組が、ジョンユンの主な食料だった。米とラーメン、パン、キムチ、鶏むね肉、あられ、バナナ、牛乳、プロテイン、ポテトチップなどがあったが、ふだん大学の食堂を利用する方なので少量しかなく、先月底をついた。ジョンユンは今では、ツナ缶四分の一か五分の一で一日をもたせていた。ときどき筋肉に痙攣が起こる。いつかは弓を引けなくなる日が来るかもしれない。その前にゾンビたちの関節が全滅してくれないと。それでも、最後までどっちにするか迷ったごま油セットにしなくてどれだけ助かったか……。ジョンユンはツナ缶の油まで感謝しながら飲んだ。缶の縁で唇や舌を切らないように気をつけながら。食器に移すと缶についた油が無駄になって惜しいので、移さなかった。

一本だけ残った矢はスンフンのために残しておいたものだが、もうジョンユンはスンフンを見に降りていけず、その矢を自分のために使うことになるかもしれないとときどき思う。そんなことは努めて考えないようにしているが、すぐ失敗してしまう。それでも、足の指で弦を引くべきか、他の装置を使うべきかという悩みだけは持ち越しになっていた。

＊

スンフンとの出会いはちょうど夏になったころで、夏がずるずる足を引きずるように終わりかけるころにはスンフンがゾンビになってしまったので、つきあった期間は本当にいくらでもなかった。短いから、段階別にしっかり思い返すことができる。

キャンパスのいちばん高いところにあるグラウンドで朝練をするたびに、必ずスンフンがいた。ジョンユンと他の部員たちは初めは関心がなかったが、だんだんスンフンのことが気になってきた。他の運動部のメンバーと間違えることはなかった。いいかげんなフォームとぷよぷよの筋肉はどの部にも該当しそうにない。人文系の学生だろうと推測が飛び交う中で、軽く走って体操し、人の練習を見るだけのスンフンはせっせと毎朝現れた。

「夏休みなのに、実家に帰らないんですか?」

あまり人見知りをしないジョンユンが他の部員たちに背中を押されてそう聞いた。スンフンは返事もせずに笑った。だが、その笑いは圧巻だった。普通にしていればどう見ても美男ではないスンフンだが、笑うと美男になった。ときどきそんな笑いを浮かべる人たちがいる。半径七十メートルぐらいが明るくなる、顔の構造がまるで変わってしまったようなすばらしい笑顔なのだ。今やスンフンの顔はだんだん骨から滑り落ちつつあり、ジョンユンはスンフンが死んでしまうのが悲しいのか、あの笑顔を見られなくなるのが悲しいのかわからなくなるときがある。

初デートの日、まだ刺すような日差しの日だったが、ジョンユンはカーディガンを脱ぐ気になれなかった。針も刺さらないような筋肉質の腕が気になったからではない。自分の三角筋から上腕筋へ落ちる地点にできた小さなY字をジョンユンは愛していた。弓を射つづけてできた、誇らしい印だ。Yの字がぼやけてくると訓練が足りないという目安にもなった。腕が問題なのではなく、同年代の男性たちの幼稚な反応がうるさかったのだ。「僕よりいい体だね？　男よりよくてどうすんの？」と劣等感を見せたり、「触ってもいい？刺してみてもいい？」と感心したように何度も言ってからかったり、どっちもうるさい。うるさいから避けたくなる。

「暑くありませんか？」

「大丈夫です」

だがジョンユンは額が赤くなるほど暑かった。安物のポリエステルのカーディガンは通気性が悪い。にこにこしながらスンフンがまた尋ねた。

「じゃあ、熱があるんですか？　夏風邪？」

こいつ、何笑ってるのさ。ジョンユンがカーディガンを脱いで椅子の背にかけた。嫌ならさっさと振っちゃってよという心境だった。

スンフンはもう笑わなかった。黙って感動していた。

「腕じゃなくて彫刻みたいですね」

頭を寄せてきたので、腕の産毛がさーっと立った。ばれるかなと思ってすぐに手のひらで撫でた。その日の残りは悪い予感のしない、いいデートだった。

＊

全身鏡の前で体を調べる。腕のY字は残ってはいるが、もともとそんなに厚くなかった皮下脂肪層が薄くなりすぎたせいで全身が人体解剖図のように見え、その点が気に入らない。空腹感が増さない程度の、最小限の筋トレをする。人類史上最も涙ぐましい来年のオリンピックに出てメダルを獲得したら……なくしてしまったものたちについて考えることを減らせるかもしれない。メダルは重要だ。メダルなんか重要じゃない、努力や過程が重要なだけだと言うのは、わかってないにも程がある人たちだ。あなたたちには重要じゃないんだろうけどって言ってやりたかった。

もちろんアーチェリーは好きだ。試合が始まり、ざわついていた競技場が静かになる様子はいつもすばらしかった。何百人も集まっているのに風の音まで聞こえるほどになるのだが、アーチェリーの観客ほどマナーのいい人たちもちょっといないだろう。弓に弦を張る前、感覚は列をなすように整理され、ジョンユンの呼吸がすべてを見積もる。浅く息を吐き、それが止まる地点を見つけなくてはならない。早く止めすぎたらそれてしまうし、遅すぎたら力が抜ける。一秒を五百ぐらいに分けて、完璧な一点に到達しなくてはならない。ジョンユンの宇宙が停止する。ときには心臓さえしばらく止まるように思える。わずかな振動すら許されないので、不随意筋にまで配慮してやらねばならない。そうやって弓に弦を張るときの弾力的な八分音符、矢が飛んでいくときに出る空気との摩擦音……。

それらすべてと別に、メダルが欲しい。メダルと、メダルについてくる年金が欲しい。メダルは、ジョンユンが指導者コースを進めるように支えてくれるだろう。メダルの硬い金属を溶かし、細くても強力なセーフティネットを作って人生の下降線を歩いていきたかった。メダルなんか重要じゃないと言う人たちは、一度もキャスティングされない俳優、設計が採択されず、施工された建物のない建築家、選挙のたびに当選できない政治家、訓練しただけで宇宙に出ていけないまま引退した宇宙飛行士にも同じことを言えるのか？ああ、そんな無神経な人ならどんな相手にだってそんなことが言えるのかも。

栄光は確かに存在する。栄光の狭く、丸く、白く光る領域の中に歩いて入っていきたい人にとって、栄光が存在しないというのは嘘だ。ジョンユンは栄光を望む。覚えている限りいつもそうだった。ジョンユンのライバルたちは生き残っただろうか？　弓を引く技術が助けてくれただろうか？　絶体絶命の瞬間に、弓を手にしていただろうか？　矢は？もしや心の中にライバルが減ることを望む気持ちがあるかどうか、ジョンユンは何度もチェックしてみたが、そんなことはなかった。顔だけ知っていたり、あいさつをしたことのある他の選手たちが生きていることを祈った。栄光を栄光らしく勝ち取りたいと願った。こんな地獄にいても陰惨な暗い感情は育っていなかったのでほっとし、自分を完全なアスリートのように感じた。

「どうして射撃じゃなくてアーチェリーだったの？」

スンフンにそう聞かれたとき、ジョンユンはその質問自体にめんくらった。一般の人にはその二種目は比較の対象なのかもしれないが、ジョンユンにとっては違う。射撃が考慮の対象だったことはない。初めからアーチェリーだった。ジョンユンの最初のコーチは国家代表選手から体育教師になった、厳格で剛直な人だった。その厳格さと剛直さが当時はしんどく感じられたけれども、時が過ぎてから振り返るとそれは幸運なことだった。あれほど正直な人、他意のない人、あっさりした距離感のある愛情で生徒たちに接してくれる人に出会って選手になったことは、信じられないような幸運だった。幸運を幸運として理解できたのはその後、資格を満たしていないゴミどもにいっぱい会ったからだと思うと苦々しいが……。先生が先で、先生がアーチェリー選手だったからアーチェリーだったのだ。

「私は選手を育てるためにアーチェリー部を作ったんだ。面白そうな趣味だと思って手を上げたなら家に帰りなさい。家がそれなりに食べていけてる者は帰りなさい。勉強が中程度以上にできる者もだ。どうしてもチャンスが必要な者にチャンスをやるためだ」

中学校に初めてできたアーチェリー部には入部志望者が大勢来たが、そのようにして最初から半分以上が振り落とされた。そのまた半分は、運動能力が伴わないためその後何か月かのうちに振り落とされた。ジョンユンは残った。先生は炒り豆を持ち歩いて生徒たちに食べさせた。ジョンユンとその他の生徒たちは、ひな鳥のようにそれを食べさせてもらいながら毎日弓を射た。風の読み方を学び、風に勝つ方法も学んだ。筋肉痛が辛くて起きられない日が続き、ひどくしびれて何も感じられないような日が来た。それらすべての日を耐えた。

中学の部活に耐え抜いた友達が、高校に行って投げ出したケースも多かった。高校のアーチェリー部のコーチが最悪の人間だったからだ。その人間にも耐え抜いたジョンユンを見て、辞めた友達は、そんなにがまんが上手ならアーチェリーじゃなくてレスリングをやるべきだったとジョークを言った。世の中には、資金援助を受けたらそのお金で、必須ではないが、あれば負傷をぐっと減らせる保護装備を買って生徒に分けてやる師匠がいる一方、帳簿を操作して全額着服する師匠もいる。その幅を理解するのが、青少年から成人になる過程だった。

連絡がついた友達がいた。最初の事態を生き延びた友達が……。マンションの鉄の門などに守られ、しっかりした建物の中で生き残り、電話で、メッセンジャーで、メールで互いの安否を確認した。おなかがすいたと、おなかがすいたから出かけなくちゃと、または家族の一人が具合が悪いから助けを求めに行かなくちゃ、どうにかして移動しなくちゃと連絡をくれたのが最後になった。ジョンユンは友人たちの最期を想像すまいと努めた。

＊

電気や水道と違ってガスは作動しなかった。違いは何だろう？　ジョンユンは、自分が世の中の動くしくみを知らないことに改めて気づいた。ガスが切れたまま冬が来た。屋上部屋はひどく寒かった。電気マットがあればよかっただろうが、電気座布団一枚がすべてだった。それさえ様子がおかしくて、ときどき消しながら使わなくてはならなかった。何か熱線のようなものが溶ける匂いがするので気をつけていた。ここまで頑張ってきて凍え死にするわけにはいかない。体がもっと熱量を必要としていることが感じられ、ため息をつく毎日だった。気温がどれくらい下がっているのか気になったが、気象庁の人たちもみんな死んでしまったことだろう。服を四枚重ね着して、底をつきかけたツナを二、三切れずつ食べた。

ツナは良質のたんぱく源だが、ツナだけを食べるのでは体にちゃんと貯蔵されないに違いない。炭水化物が食べたかった。ごはんが、麺が、パンが食べたかった。炭水化物のことを考えると口の中につばがたまるので、そのつばをまたすぐに飲み込んだ。手足の痙攣がひどくなるのに加え、筋肉も失われつつあった。

こんな悪状況の中でも日に一度はゾンビを射っていたが、狙いがはずれる率が上がっていった。初めのうちは、頭に当たったのに、正確に急所ではなかったのかゾンビが死なず、やがて頭に当てることができなくなった。全く思いもよらない場所にいきなり刺さった。クリーニングハンガー製の矢がダメなせいだと思うといらいらする。弓を射られなくなっていくことが受け入れられない。もう少しで弓を持って十年になるのに、ありえない話だった。あんなに大きな頭を射抜けないなんて、ジョンユンは呆れてよろめいた。危うく屋上から落ちてゾンビのえさになるところだった。

冬が深まると、とうとう矢はゾンビの首をかすめることさえできず、ずっと離れたところに落ちた。すぐ近くのゾンビを狙っても、とんでもなくはずれたところで矢が地面に落ちる。ジョンユンが聞いても、弓を引きしぼるときの音がまるでだめだった。ピーンというあの音がもう聞こえないことが……弓を引けないことがジョンユンをくじけさせた。食欲を失い、わずかに残ったツナも食べたくなくなった。時間を見計らって伏せておいた電気座布団を抱いて横になり、最大限に熱を守り、最小限に動いた。ときどき指だけを動かす日もあった。意識して動いているのではない。夢の中で弓を引きしぼるとき、思わずびくっと動くのだった。

＊

未来のオリンピックメダリストは冬眠に入り、春が来たとき、まだ自分が死んでいないことに驚いた。

もしかしたらもう死んでるのかもしれない。死んだのにわかってないのかもしれない。ゾンビも私も紙一重の違いなのかも。誰かが私に、生きてるよって言ってくれないかな？体も頭も重い。死んではいないが、ぎりぎりまで死に近づいていることは明らかだった。

久しぶりに鏡を見ると本当に、ゾンビでも食べないようなありさまだった。よくまあ壊血病にならなかったものだ。ジョンユンは軽く歯を押してみた。歯ぐきはぐらぐらしたが、歯が抜けてはいない。最後に野菜を食べたのはいつだっけ？　たぶん、スンフンが買ってくれたハーブの植木鉢から根っこまで掘り出して食べたのが最後だったと思う。ハーブは食べられたが、サンセベリアに似た多肉植物は噛んでみて結局吐き出した。芹(せり)や春菊がものすごく食べたかった。みずみずしい味を想像するだけで味蕾(みらい)が刺激された。

スンフンは冬の間ずっと門をたたいていたが、その音ももう耳になじみすぎて、遠くのお寺かどこかから聞こえる太鼓の音みたいに神経を逆撫しなかった。今日の十一時にもあの子は来るんだろうか？ 矢はまだ一本残ってるけど……。あと一回ぐらいなら弓を引く力は残っていそうだった。階段を降りていき、門のすきまからスンフンを射ることは可能だろう。今日は可能だが、明日は不可能になるかもしれない。これ以上引き延ばすことはできないと思った。スンフンを射って、最後のツナ缶を平らげて、いちばん好きなトレーニングウェアを着て、弓を抱いて眠る計画を立てた。死後の世界のオリンピックでもいいから出たかった。死後の世界には優れた選手が時代別に集まっているから、勝率はもっと低くなるかな？ そんなことを考えてくすっと笑った。

久しぶりに髪を洗った。髪の毛が束になって抜けた。シャンプーがちょうどなくなったのが妙な満足感をもたらす。髪を乾かす力が残っていなかったので、タオルを何枚も使った。タオルをたくさん使うことぐらいが最後の贅沢だった。豊かな世界だったとはいえないが、もうすぐジョンユンの世界は終わるわけだ。ジョンユンは日が沈むのを、長持ちするＬＥＤ電球のおかげでまだ無事な街灯が灯るのを見た。

おしまいだと思うと、殺風景な地方都市のワンルームマンション群が美しく見える。こんな風景だったんだな、私の世界は。感性なんてものは自分にはないと思っていたけど、どこかがじーんとした。完璧な風景だった。あと一日生き残るとしても、あの風景をそのままとっておくために、もう見ないことにしようと心に決めた。そんな完結性が人間には必要なんだ。アスリートにメダルが必要なように。

十一時になり、チェーンをかけたまま門を少し開いた。久しぶりにスンフンの姿を見て、むかむかするというよりかわいそうになった。門をたたく音がだんだん弱くなっているようだったが、やっぱりこれまでにかなり腐っていた。

「ごめん。もう少し早く終わらせてあげられなくて」

大事に思っていただけ早く逝かせてあげなくてはならなかったのに、それができなかった。スンフンの状態をチェックしてゾンビ時代がいつ終わるのか見積もっていた、というのは自分のための嘘だったと今になって悟った。

悪臭はなかった。腐るだけ腐ったためか、温度や湿度のためだったのかはわからない。門のすきまから割り込んでこようとするスンフンの手を、ゴム手袋をはめた手でちょっと握った。二人とも握力があまり残っていなかった。いつも先に手を出してくれた。先に笑ってくれて、先にこっちを見てくれた。心をすっかり開くことができず、鍵をかけ手袋をはめるようにして自分を守ってきたのはジョンユンの方だった。

「最後までこんなで、ごめんね」

ジョンユンはスンフンの顔をちゃんと見ようと努めた。いつかそんなふうにジョンユンを真正面から見ていた目を。しばらく一緒にいただけだったけど、スンフンに会うと長い未来が待っているように感じられた。矢がインナーテンに刺さると確信する瞬間みたいに、それがわかった。いい予感が的中すると信じていたゾンビ時代直前の傲慢さには、かわいいところもあったんじゃないかと思う。

「生まれて初めて、かわいかったんだな」

ジョンユンはスンフン特有の微笑を真似してみようと努力した。肉が落ちてしまい、歯ぐきがむき出しになったスンフンも、見ようによっては笑っているようだった。

私が過ごした最後の夏が、あなたと一緒でよかったよ。

私が射る最後の的があなたでよかったよ。

ゾンビになったスンフンの前でさえ照れくさくて、言葉はすっかり飲み込んだまま、ジョンユンは一本残ったまともな矢を弓につがえた。弱るだけ弱った肩と腕がやけどしそうに引きつった。全身が弦になったみたいだ。切れそうなその状態が永遠に続いてくれたらとジョンユンは願ったが、長くはもたなかった。

最後の矢は的中した。

スンフンは倒れてころんだ。

そのぼろぼろの膝が地面に落ちると、残りの関節はぼろ布に包まれたままでばらけた。スンフンの頭からは、電球みたいな軽いものが割れる音がした。思ったより大きな音ではなかった。スンフンを形作っていたたくさんの部分はもう塵になって、あそこから外へ飛び散っていったんだと思う。間違いなく、光り輝く塵だっただろう。メダルみたいにきらきらして。

「私ももうすぐあんな塵になれたらいいな」

ジョンユンは門を閉めた。塵になりたいなら、死んだ後でもゾンビに食べられてはならないから。涙が出た。体にまだ水分がこんなにいっぱいあるんじゃ、塵にはなれないと思った。泣きたくはなかったし、実は泣く力もなかったが、止められなかった。ぴーんと張り詰めた緊張の中で、心臓だってしばらく止めておけそうだと思う日々があったが、もう何を止めておくこともできない。生の手綱をさばく力を完全に失っているのだ。泣いたので気力が抜けて眠ってしまい、意識を取り戻したときは真夜中だった。ジョンユンが体を起こしても、門の向こうのスンフンは立ち上がらなかった。一人で階段を這って上り、最後のツナ缶をきれいに空けた。

そして、世界が終わるとしてもやりたくなかったことを始めた。自分自身のために針金ハンガーで矢を作るのだ。一本ではなく何本も作った。失敗する可能性も考えに入れなければ。いっそ、ゾンビたちに体を投げてやった方がましということになるかもしれないのだから。場所は屋上を選んだ。部屋に閉じこもったまま腐っていくより、新鮮な空気と触れ合っていたかった。死んだ体にとってそんなことが重要かどうかはわからなくても。

何が何でも一回で行こう。屋上に立ち、足で弦を踏み、あごに狙いを定めた。ああもう……射撃にしておけばよかったのかな？　ジョンユンが初めて自分の選択に疑念を抱いた、そのときだ。

遠くから、ヘリコプターの音が聞こえてきた。

あとがき

自分のことはやっぱりファンタジー作家だなと思うけれども、ときどきSFを書いてきたし、スズメとシジュウカラが数が足りないときは一緒に群れを作るみたいに、SF作家たちと長い間、友情を分け合ってきたので、この本は絶対に出したかった。最近は世界じゅうでジャンル間の境界線がだんだんぼやけてきているようで、それで勇気を出したという面もある。ファンタジーやSFを書くときもそうでないときも、私は一人の中で起きることにはあまり関心がない。それよりも人と人の間、人と人々の間、人々と人々の間で発生することに心を奪われてしまう。関心が外に向かう作家がファンタジーやSFを書くのだと思う。

「ミッシング・フィンガーとジャンピング・ガールの大冒険」は、いつか学習マンガ用に書きたくて作っておいたキャラクターが主人公だが、学習マンガの正反対に位置する超短編になった。やっぱり計画は計画でしかないらしい。短いお話だが、このお話を好きと言ってくださる方が多くて嬉しかった。ミッシング・フィンガーとジャンピング・ガールがそれぞれのやり方で幸せであることをいつも願っている。

「十一分の一」は、大学生のとき実際に、女性部員が全員脱走したサークルに残ってしまった経験をもとに書いた。もちろん小説とは違って次の学期にすぐ正常化したが、ある集団の唯一の女性になるという経験は何ともいえないものだった。個人的な経験とは結びつかなくても、バランスの崩れた状態からどうにかしてバランスを構築しようとする人物に愛情がある。心の中にある言葉を大声で叫んでしまったり、乱暴なことをやってしまったりもするユギョンについて書くのは楽しかった。幼いときや若いときに病気をしたり、今病気をしている、または早いうちにこの世を去った友人たちに捧げたいという気持ちもあった。

「リセット」はずっと書きたかった小説だ。巨大ミミズが人類の文明を転覆させるお話を何度か短く書いて、それを合わせたものだ。二十三世紀の人たちを怒らせるのではないかと思うと私は恐ろしい。今の私たちが十九世紀や二十世紀の暴力にむかついているのと同じように。文明が道を誤るのをやきもきしながら警戒するのは、ＳＦ作家の職業病かもしれないが、この、正常ではない、腹立たしい豊かさは最悪の結果に終わってしまうだろうと思う。未来の人々に軽蔑されずにすむ方向へ軌道修正できたらいいのに。倫理とはもしかしたら好き嫌いと隣り合わせかもしれない、とよく考える。資料を調査しているとき、エイミィ・ステュワートの『ミミズの話』から多くのよい情報を得た。表紙は露骨にミミズの写真だが、内容は本当に興味深かった。

「地球ランド革命記」は、十三歳のときから何度も見ている夢から材料を得た。SF作家の脳は悪夢製造機みたいなもので、そうやっていろいろな小説を書く。反則かな？　そのせいか、このお話については、すごく好きという方たちとすごく嫌いという人たちがいる。夢見が似ている人どうしが物語によってつながるので、どうしようもないことらしい。書いているときは何を書いているのかわからず、今回直しながら読み返してみて、虐待者を殺害する話だったんだと気づいた。完全に理解できていなくてもとりあえず書くことが多いので、私は単に物語が通過するパイプなのかもしれない。次にタトゥーを入れるときはパイプの絵にしようと思う。人物の性別をあいまいに修正したので、どんな性別としてこの物語が読まれたかが気になる。韓国語はそういうことが可能な言語なので楽しい。読む人の気持ち通りに読める物語を書きたい。

「小さな空色の錠剤」は祖母の介護を手伝っていたときに書いた。その時期の記憶は異様なほど残っていないのだが、くり返しの日常なので記憶にフラグを立てることができなかったからではないかと思う。最近は朝に仕事をするが、家族と一緒に住んでいたときは夜中に校正をしたり小説を書いたりしていて、おかげで祖母が玄関のドアや窓を開けて出ようとしているのを止めることができた。毎日、失踪や転落が怖かった。三時間だけでいいから、必要な情報を伝えることができたらいいのにと思った。そんなことから出発したこの小説は、主人公のいない、通史みたいなものになったが、たまにはこんなすごくドライな小説が書きたくなる。

「声をあげます」を構想したのは、『イワン・デニーソヴィチの一日』特別版の編集を担当している時期だった。二〇一〇年代の韓国に収容所があったらどんなものになるか想像していったら、親しい友人の名前がいっぱい入った小説になったのだ。この物語が単行本に収められるのが遅かったので、友人たちはとても不満だった。いちばんの仲良したちの名前だから先に書いたのに、本になる順番がその通りにならなかったのだ。言い訳しておくと、デビュー作もまだ単行本になっていない。複雑な磁石遊びみたいに、短編と短編がうまく合わないことがあるのだ。このお話を表題作にしたのは、最近、一人の人間の中の有害さや、共同体と市民社会の中の有害さについて考えることがとても多いからだ。自分の有害さを慎重に、人々とともに、喜んで除去しようと決心する主人公の声を書き取りたかった。それと、何年か前に「チョン・セランの小説は『声をあげます』以外は全部捨てるべき」という要旨の文章を何度もアップしたり消したりしていた方がいたのですが……まあ、私は実際、多作な方だけど、本当に全部捨てるべきですか？　今となっては笑ってしまうけど、創作者に対してもうちょっと寛大になっていただければとお願いしたい。

「七時間め」は「リセット」とはまた別の世界に関する超短編だ。エドワード・ウィルソンの『地球の半分』を読んで影響を受けた。私は本当に六回めの大絶滅が怖い。鳥類の観察が好きで、世界じゅうの関連団体からのニュースに接しているが、皆が個体数の激減に限りなく絶望している。最近「極端なエコロジスト」という声をよく聞くが、あらゆる鳥が消えていく世界に対して何も感じない人たちの方が偏っているのではないかと反論したい。欲望を徐々に単純なものに収斂させて、揺れる木の枝の間を縫って飛ぶ小さな鳥たちを見ていたいだけなのだ。私たちは今こそ、自分たちに似た存在ではなく、似ていない存在を愛する方法を学ぶべきではないか？　愛の特性は広がることにあるのだから、遠からずそれは可能になるかもしれない。

「メダリストのゾンビ時代」は、希望の困難さについて書きたくて書いた物語ではないかと思うが、私がこのお話を書いたときの記憶より、これが掲載されたウェブマガジン「鏡」に、ある方が「でもヘリコプターが助けてくれなくて、また缶詰めだけをくれて行ってしまう」というジョークを書き込んだのが強烈だった。あのジョークを思い出すだけで吹き出してしまう。それとは別に私は、生き残ったジョンユンは食べたかった野菜を植えて、さわやかな香りに満ちた小さな花壇を持つことになっただろうと想像する。

二〇二〇年はSF短編集を出すには完璧な年ではないかと思うし、世界はのろのろとでも、さらに多くの存在を尊厳と尊重の枠組みの中に含める方向へ進むだろうと信じている。遅すぎなければいいと思っている。

二〇二〇年一月　　チョン・セラン

訳者あとがき

本書は、二〇二〇年にSF専門出版社であるアザクから刊行された『声をあげます』の全訳である。

韓国のSFは今、かつてない活況を見せている。従来韓国では、SFをはじめとするエンターテイメント系文学をいわゆる純文学より一段低く見る風潮が強かったが、近年は、韓国を背景とし、韓国人の主人公が読者と同じような悩みを抱えて奮闘するSF小説が多く書かれるようになり、目覚ましい人気を集めている。これらの作品はまたフェミニズムと非常に親和性が高く、読者にもフェミニズムに関心の高い女性が多いという。二〇一九年は「SF小説元年」と呼ばれ、キム・チョヨプの『わたしたちが光の速度で進めないなら』（カン・バンファ、ユン・ジヨン訳、早川書房）などベストセラーも生まれた。また、韓国のSF小説が海外に紹介される機会も増えている。

チョン・セランは二〇一〇年のデビュー以来断続的にSF作品を書いてきたが、この活況の中でそれらをまとめ、満を持して刊行されたのが本書である。

チョン・セランは一九八四年ソウル生まれ、編集者として働いた後に作家になり、多彩なジャンルの作品を次々に手がけ、読者の強い支持と文芸界からの高い評価の双方を獲得してきた。その物語世界はリーダブルであると同時に深い洞察に富み、未来志向であり、日本でも好評を呼び、現在までに四冊が翻訳出版されている。中でも『保健室のアン・ウニョン先生』（拙訳、亜紀書房）と『屋上で会いましょう』（すんみ訳、亜紀書房）はSF的な傾向を備えており、本書はそれに続くものとなる。

韓国で本書が出版されたのは、世界が新型コロナウイルスの脅威を本格的に経験する直前の二〇二〇年一月だった。あれから一年あまり経った今、改めてこれらの作品を読むと、表題作の「声をあげます」と「メダリストのゾンビ時代」はまるでコロナ禍を予見していたかのようである。だが、この二作品はいずれも二〇一〇年に書かれたもので、チョン・セランの想像力はコロナ以前から貫いて持続していることがうかがえる。

この二作に限らず、本書に収められたSF小説では、大きな変化の中で個人がどのように考え、共同体の中でどう行動したかに焦点が合わせられている。それが、人なつかしさにあふれた筆致で、人と人のコミュニケーションを丁寧に追いながら描かれているのがチョン・セランの特徴だと思う。ディストピアの物語においても、強く印象に残るのは登場人物たちの奮闘する姿（そこには痛みを伴う楽観性といったものが漂う）と、その人々が未来に向ける視線の強さだ。この、未来へのまなざしもチョン・セランの作品の大きな特徴で、『保健室のアン・ウニョン先生』の中で、遠い未来のかすかな可能性に思いをはせることについて「乗り物酔いしたときに遠くを見ていると治るのに似ている」と表現したことがあった。本書の「リセット」や「七時間め」にはその思いが強く出ていると思う。

個々の短編については著者が「あとがき」で十分に解説してくれたので、つけ加えることは多くないが、いくつか補足しておく。

「十一分の一」（36ページ）に出てくる「クリスパー・キャス9」は、第3世代のゲノム編集ツールとして二〇一二年に発表されたもので、これを開発した二人の化学者は二〇二〇年にノーベル化学賞を受賞している。作中のプロジェクトでは、クリスパー・キャス9に続く次世代ゲノム編集ツールを開発しているという設定になっている。

また、「声をあげます」（217ページ）で、スンギュンがつかまるときに歌っていた歌「君の声が聞こえる」は、一九九七年に韓国のアーティストグループ、デリ・スパイスがヒットさせた曲で、原題は「チャウチャウ」という。ドラマ『君の声が聞こえる』の主題歌であり、「どんなに頑張って耳をふさいでも　君の声が聞こえる」という印象的なリフレーンがこの物語のタイトルと響きあうことから「君の声が聞こえる」とした。

作中の人物の年齢は、原書では数え年で表記されているが、本書では日本式に満年齢で表記している。

ジョージ・オーウェルが『1984』を書いたころにはずっと先だった一九八四年に、チョン・セランは生まれた。思えばこの作家は期せずして、オーウェルの視線が行き着いた先でバトンを拾って書き続けてきたのかもしれない。最近、ある対談でチョン・セランは、「生まれて以来ずっと生きてきた世界が揺らいでいると感じたときに手にする文学がSFだと思う」「SFは共同体の大きな変化について語る文学」と話していた。コロナ禍に揺らぐまさに今、本書を手にとっていただけたら嬉しい。

担当してくださった亜紀書房の斉藤典貴さん、翻訳チェックをしてくださった伊東順子さん、岸川秀実さんに御礼申し上げる。

二〇二一年五月一日　斎藤真理子

初 出 一 覧

◆ミッシング・フィンガーとジャンピング・ガールの大冒険
『もっと遠く』第4号(2015年11月)

◆十一分の一
『科学東亜』(2017年1月号)

◆リセット
「私は南方へ歩くことにした」「私は北方へ歩くことにした」
『パンダフリップ』/『カカオページ』(2017年11月)
「私は東方へ歩くことにした」「私は西方へ歩くことにした」
ウェブマガジン「クロスロード」(2019年3月)

◆地球ランド革命記
『エスクァイア』別冊付録アンソロジー
『マルチバース』(2011年10月)

◆小さな空色の錠剤
『子音と母音』(2016年夏号)

◆声をあげます
アンソロジー『独裁者』(2010年11月)

◆七時間め
アンソロジー『ムーミンは菜食主義者』(2018年11月)

◆メダリストのゾンビ時代
ウェブマガジン「鏡」(2010年10月)

著者について　チョン・セラン

1984年ソウル生まれ。編集者として働いた後、2010年に雑誌『ファンタスティック』に「ドリーム、ドリーム、ドリーム」を発表してデビュー。13年『アンダー、サンダー、テンダー』（吉川凪訳、クオン）で第7回チャンビ長編小説賞、17年に『フィフティ・ピープル』（斎藤真理子訳、亜紀書房）で第50回韓国日報文学賞を受賞。純文学、SF、ファンタジー、ホラーなどジャンルを超えて多彩な作品を発表し、幅広い世代から愛され続けている。他の小説作品に『保健室のアン・ウニョン先生』（斎藤真理子訳）、『屋上で会いましょう』（すんみ訳、以上、亜紀書房）、『地球でハナだけ』『八重歯が見たい』『シソンから』などがある。

訳者について　斎藤真理子　さいとう・まりこ

1960年新潟生まれ。訳書にパク・ミンギュ『カステラ』（ヒョン・ジェフンとの共訳、クレイン）、チョ・セヒ『こびとが打ち上げた小さなボール』（河出書房新社）、チョ・ナムジュ『82年生まれ、キム・ジヨン』（筑摩書房）、ハン・ガン『回復する人間』、パク・ソルメ『もう死んでいる十二人の女たちと』（以上、白水社）、ファン・ジョンウン『ディディの傘』（亜紀書房）など。『カステラ』で第1回日本翻訳大賞受賞。

〈チョン・セランの本 03〉

声をあげます

著　者　チョン・セラン
訳　者　斎藤真理子

2021年6月28日　第1版第1刷発行

発行者　　株式会社亜紀書房
〒101-0051　東京都千代田区神田神保町1-32
TEL　03-5280-0261（代表）
https://www.akishobo.com/

印刷・製本　株式会社トライ　https://www.try-sky.com/

Printed in Japan　ISBN 978-4-7505-1698-1　C0097